골목의 시간을 그리다

골목의 시간을 그리다

골목과 함께한 기억에 관하여

정명섭, 김효찬 지음

프롤로그

눈치가 빠른 사람들은 알아차리겠지만 각 장의 앞부분은 상상으로만 쓴 것이 아니라 대부분 역사적 사실을 기반으로 쓴 이야기이다. 소공동과 명동의 화교촌에 관한 첫 번째 이야기 '마굴'은 일제강점기에 발행되었던 〈별건곤〉이라는 잡지에 실린 기사를 참조하여 창작한 것이고, 광장시장에 관한 두 번째 이야기 '나의 추억'은 박승직 상점의 창업주인 박승직이 실제로 신문 인터뷰를 했던 내용을 토대로 만들었으며, 세 번째 해방촌 이야기 '해방촌의 아이'에 등장하는 호섭이 친구 혜옥네 가족은 영화 〈오발탄〉에 등장하는 바로 그 가족이다.

세운상가에 관한 네 번째 이야기 '꽃 대신 나비'에서 나오는 박 서방은 영화 〈박 서방〉에 등장하는 박 서방이다. 세운상가를 만들기 위해 종삼을 일주일 만에 없앤 것은 워낙 잘 알려져 있지만 당사자들의 심정에 대해서는 알려진 바가 없다. 그래서 가상의 인물인 외팔이 황 씨를 함께 등장시켜 그들 입장에서 바라본 세운상가를 이야기해봤다.

다섯 번째 이야기 '시민아파트'에서 해방촌을 떠난 호섭이네 가족이 낙산 꼭대기에 건축 중인 낙산 시민아파트를 보기 위해 올라갔던 계단이 바로 이화 벽화마을이 있는 곳이다. 같은 시기에 지어진 와우 시민아파트는 붕괴사고로 큰 인명 피해를 보았다. 군대를 제대하고 이런저런 일을 하던 호섭이가 일을 배우려고 한 충무로 인쇄 골목에 관한 여섯 번째 이야기인 '국내 최대 인쇄촌' 역시 1984년 6월 16일 자 매일경제신문에 난 기사를 토대로 상상한 것이다. 기사에서는 을지로2가 장교동 일대에 있던 인쇄 업체들이 충무로 일대로 이전했다고 소개했다.

일곱 번째 이야기인 '공장과 공방'에서 임대료가 크게 오른 홍대에서 밀려나 가까이 있는 문래동을 찾아간 예술가도 2000년대 초반에 실제로 있었던 일이다. 여덟 번째 이야기 '축구공'은 청계천에서 밀려난 노점상들이 축구공처럼 이리저리 차이다가 알음알음 찾아오면서부터 동묘 벼룩시장이 생성된 사실을 모티브로 잡았다. "우리가 축구공이냐."는 불만은 실제로 노점상들이 서울시를 향해 내뱉은 불만이다. 아홉 번째 이야기 '인터뷰'는 락희거리에 오가는 노인들을 인터뷰했던 것을 기초로 창작했다. 마지막 열 번째 이야기 '열차와 참새'에 등장하는 두 작가는 나와 내 스승님을 모델로 피맛길에서 만나 술잔을 기울이던 추억을 소환했다.

상상으로만 채워도 될 부분에 역사적 사실을 가미한 것은 골목길을 제대로 이야기하기 위해서다. 우리는 그동안 옛 골목들이 개발의 열풍으로 대부분이 사라졌으리라 여겨왔다. 하지만 골목길은 수백 년 동안 우리 곁에 있었고 앞으로도 사라지지 않고 존재할 것이다. 다만, 예전처럼 많지 않아서 돈과 시간을 들여 가봐야 하는 장소로 변했다. 최근 몇 년 사이 인기를 끌고 있는 골목길 탐방이 바로 그런 맥락이다.

이제 골목길은 이렇게 기록을 남겨야 할 지경에 이르렀다. 성공과 발전을 향한 우리의 성급한 발걸음이 묵묵히 곁을 지켜주던 친구 같은 골목길을 사라지게 만든 것은 아닌지…. 역사적 유물이나 특별한 기억이 있는 장소가 아닌 골목길을 굳이 탐방하는 이유도 바로 여기에 있다. 항상 곁에 있을 것 같았는데 어느 순간 사라져버려 쉽게 찾을 수 없게 되어버린 골목길을 위해 우리가 시간과 돈을 들이는 이유는 아마도 그곳을 기억하기 위해서가 아닐까 한다. 어디로 가야 한다는 초조함이나 반드시 가야만 한다는 강박 대신 흐르는 강물처럼 이어지는 골목길을 걷는다는 건 참 행복한 일이다.

모든 일이 그렇듯 글을 쓰는 일에도 많은 분의 도움이 있었다. 우리와 함께 해방촌을 답사해준 조은경 님과 청연당의 안방마님으로 우리를 반갑게 맞이해주시고 세운상가를 구경시켜주신 임정진 작가님께 감사드린다. 또한 충무로에서 고래사진관을 운영하고 늘 환대해주는 윤푸빛님에게도 감사한 마음을 남긴다. 아울러 골목길에서 마주친 낯선 우리를 따뜻한 미소로 맞이해준 모든 분께 깊은 고마움을 느낀다.

정명섭

차례

첫 번째 골목

소공동과 명동

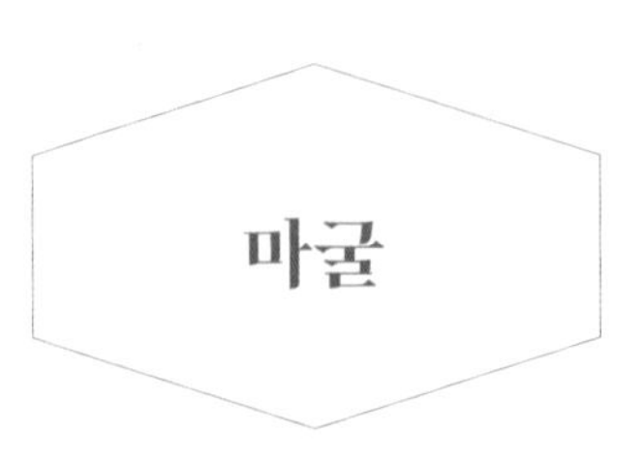

마굴

"어휴! 냄새!"

장곡천정(현 소공동의 일제강점기 명칭)의 중국인 거주지를 지나던 정수일 기자가 대놓고 얼굴을 찌푸리자 옆에서 걷던 류경호 기자가 핀잔을 줬다.

"감기라서 코가 막혔다고 하지 않았습니까?"

"그래도 저 냄새는 맡을 수 있지. 아마 백 리 밖까지 퍼질걸?"

아예 중절모를 벗어 부채처럼 부치는 정수일 기자의 모습에 류경호 기자가 고개를 절레절레 흔들었다. 얼굴을 찡그린 정수일 기자가 코를 킁킁거리며 말을 이었다.

"정동 골목을 지날 때는 버터 냄새가 코를 찌르는데 여기 오니까 청요리에 쓰는 돼지기름 냄새가 물씬 풍기네. 여긴 언제부터 중국인들이 모여서 살았을까? 대한제국 때부터였나?"

"아뇨, 제물포에서는 조계지가 있어서 모여 살았지만 경성에서는 여기저기 흩어져서 장사하느라 모여 살지는 못했습니다."

"그럼 서소문정이랑 북미창정에 모여 살기 시작한 건 오래되지 않았겠네?"

"대략 10년 정도 전이었을 겁니다."

그런 두 사람의 모습을 까까머리 중국인 아이들이 신기하다는 듯 바라봤다. 그걸 본 정수일 기자가 중절모를 도로 쓰면서 물었다.

"지금 조선에 중국인들이 얼마나 있을까?"

"총독부 통계로는 6만 명이 조금 넘을 겁니다."

"경성에 제일 많겠지?"

허겁지겁 달려온 중국인 여성이 아이를 안고 골목길 안으로 사라지는 걸 무심히 바라보며 류경호 기자가 대답했다.

"아마도요. 하지만 이번 만보산 사건으로 좀 줄었을 겁니다."

얼마 전 중국 장춘의 만보산에 물길을 내는 문제로 조선인과 중국인 사이에 충돌이 벌어졌다는 뉴스가 전해졌다. 그러자 중국인이 조선인을 핍박했다며 대대적인 폭동이 벌어졌다. 총독부가 사실상 손을 놓고 방관하는 가운데 경성과 평양을 비롯한 전국 각지에서 화교들의 상점과 집이 불타고 폭행과 살인이 벌어졌다. 사망자만 100여 명이 넘는 이 사건으로 적지 않은 화교들이 고국인 중국으로 돌아간다는 소식이 전해졌다. 이를 접한 〈별세계〉 편집장이 류경호와 정수일 기자에게 화교촌 탐방 기사를 쓰라는 지시를 내렸다.

경성의 화교들은 장곡천정과 맞은 편 명치정에 모여 살고 있었다. 두 사람은 인력거를 타고 장곡천정에 내려서 그곳을 돌아보고 명치정을 살펴보기로 했다. 하지만 분위기가 너무 살벌해서 골목 안으로 들어가서 살펴보는 건 불가능했다. 겉에서 둘러보기로 했는데도 잿더미가 된 집들과 부서진 집기들이 심심치 않게 보였다. 칼을 찬 일본 경찰들과 말을 탄 기마헌병들이 오가는 풍경 때문에 더욱 살벌해 보였다. 조금 전까지 더럽다고 투덜거리던 정수일 기자가 그 모습을 보고 한숨을 쉬었다.

“결과적으로 오보였잖아.”

“그렇죠. 일본 영사관이 왜곡한 걸 신문사에서 그대로 받아 써버린 겁니다.”

류경호 기자의 대답에 정수일 기자가 우울한 표정을 지었다.

“내 생각에는 말이야. 누군가 일부러 분위기를 조장했고 우리가 거기에 휩쓸린 것 같아.”

그 누군가가 누구인지 명확히 알고 있던 류경호 기자가 고개를 끄덕였다. 이야기를 주고받으며 큰길을 걷다 보니 조선은행에 다다랐다. 구라파의 성채처럼 생긴 튼튼한 조선은행 주변을 일본 경찰들이 빈틈없이 둘러싸고 있었다. 그걸 본 류경호와 정수일 기자가 서로를 바라보며 쓴웃음을 지었다. 그 옆을 지나가던 조선인들이 만보산 사건을 얘기하고 있었다. 그들은 고개를 들어 조선은행 뒤편 화교촌을 보더니 한마디씩 했다.

“홀랑 타버렸군. 속이 다 시원하네.”

“저기가 바로 마굴이라잖아. 마굴. 아편쟁이가 그득하고 아무것도 모르는 조선 여자들을 꾀어다가 매춘을 시킨대.”

제각각 한마디씩 하면서 지나가는 그들을 안타까운 눈으로 바라보던 류경호 기자가 길 건너편에 있는 경성우체국을 가리켰다.

"저쪽에 중국 영사관이 있으니 거기 가서 관계자를 만나 인터뷰하는 게 좋겠습니다."

"그게 좋겠어. 그나저나 저긴 일본인들이 자리 잡고 있는 곳인데 중국인들은 언제부터 있었데?"

"일본인들 오기 전에요. 임오년에 군란이 터졌을 때 청국군이 들어오면서 자리를 잡았답니다. 영사관 자리에 상무공서가 세워지고, 위세가 대단했다고 하네요."

"힘 있는 놈들한테 이리 터지고 저리 터졌군."

정수일 기자의 넋두리 같은 한탄에 류경호 기자가 헛헛한 미소를 지었다. 전차가 지나가자 두 사람은 도로를 가로질러 경성우체국 앞에 도착했다. 골목길로 들어서는데 정수일 기자가 문득 생각났다는 듯 물었다.

"끝나고 저녁에 술 한잔할까?"

"다른 인터뷰가 있습니다."

"또? 누구 만나는데?"

"박승직이요."

"박가분을 만든 그 사람?"

"네. 편집장이 광장시장에 관해 취재하라고 해서요."

"바쁘군."

아쉬운 표정을 지은 정수일 기자가 중절모를 고쳐 쓰면서 골목길로 들어섰다.

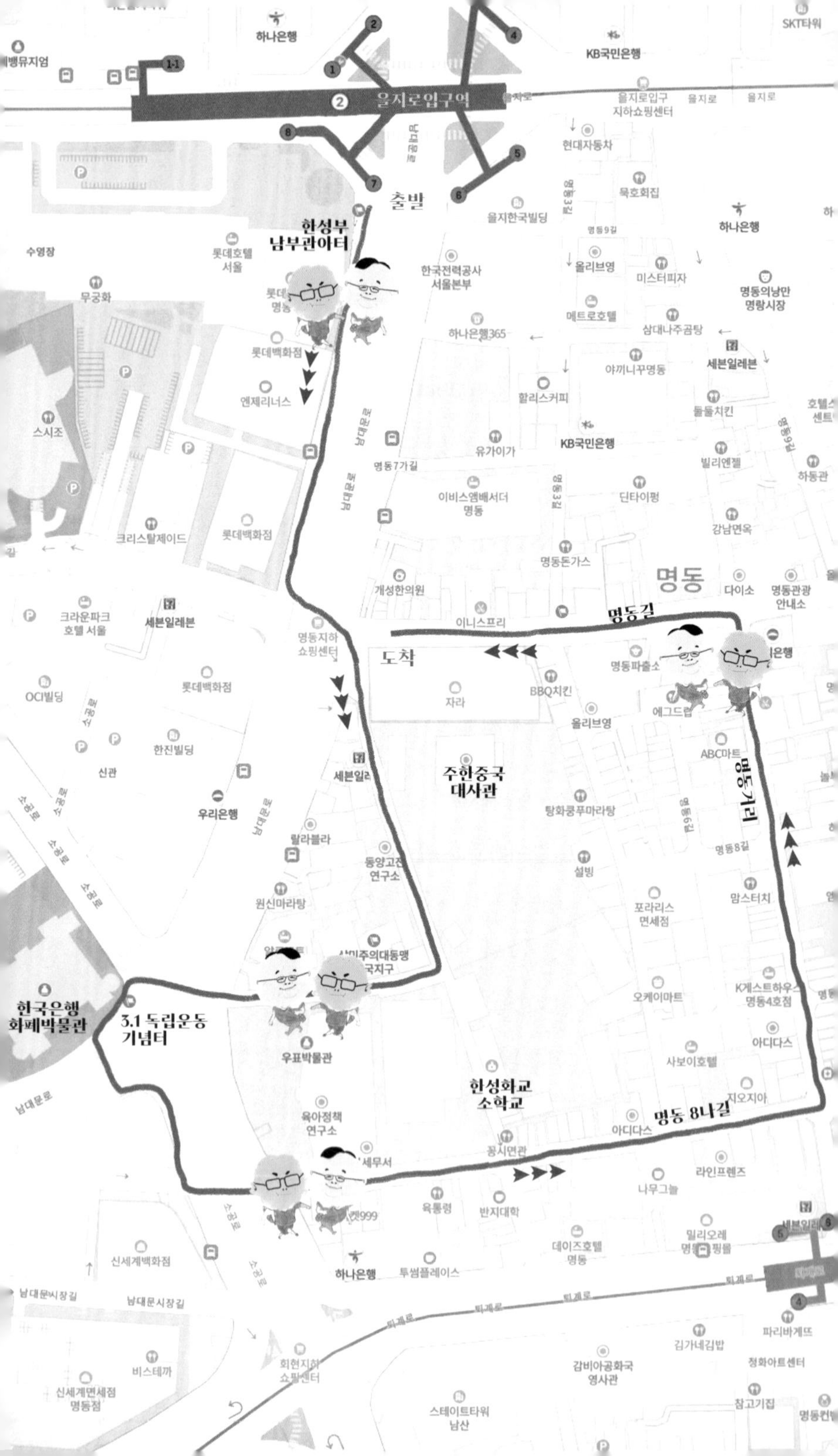
을지로입구역
출발
한성부 남부관아터
도착
명동길
명동거리
명동 8나길
3.1 독립운동 기념터
한국은행 화폐박물관
주한중국 대사관
한성화교 소학교
명동
하나은행
KB국민은행
SKT타워
을지로
을지로입구 지하쇼핑센터
현대자동차
목호회집
을지한국빌딩
명동9길
명동3길
한국전력공사 서울본부
올리브영
미스터피자
명동의낭만 명랑시장
메트로호텔
삼대나주곰탕
하나은행365
야끼니꾸명동
세븐일레븐
할리스커피
둘둘치킨
유가이가
빌리엔젤
하동관
명동7가길
이비스앰배서더 명동
딘타이펑
강남면옥
명동돈가스
개성한의원
다이소
명동관광 안내소
이니스프리
명동파출소
BBQ치킨
에그드랍
자라
ABC마트
탕화쿵푸마라탕
명동6길
명동8길
설빙
맘스터치
포라리스 면세점
K게스트하우스 명동4호점
오케이마트
아디다스
사보이호텔
지오지아
꽁시면관
라인프렌즈
나무그늘
육통령
반지대학
데이즈호텔 명동
밀리오레
투썸플레이스
퇴계로
파리바게뜨
김가네김밥
청화아트센터
감비아공화국 영사관
참고기집
스테이트타워 남산
수영장
롯데호텔 서울
무궁화
롯데백화점
엔제리너스
스시조
크리스탈제이드
남대문로
크라운파크 호텔 서울
OCI빌딩
명동지하 쇼핑센터
한진빌딩
신관
우리은행
소공로
랄라블라
동양고전 연구소
원신마라탕
우표박물관
육아정책 연구소
세무서
신세계백화점
남대문시장길
회현지하 쇼핑센터
비스테까
신세계면세점 명동점

° 정명섭 篇

— 푸시킨과 아서원

골목길은 종종 기억과 동일시된다. 그래서 사람들은 종종 예전에 누구와 이 골목길을 오갔고 어떤 사람과 만났는지를 이야기한다. 크건 작건 골목길에는 기억이 묻어있다.

그리고 대부분의 골목길 답사기는 그 기억에 관해서 이야기한다. 하지만 이번에 소공동과 명동을 걸으면서는 원래의 기억이 다른 기억에 의해 지워져 버렸다는 느낌을 받았다.

을지로입구역 8번 출구 뒤편에는 한성 남부 관아 터 표지석이 있다. 한양이 사대문과 그 주변이었던 시절, 이곳은 한양의 남쪽이었던 것이다. 그리고 롯데백화점 본점 옆의 광장 한쪽 구석에는 다소 뜬금없어 보이지만 러시아 시인 푸시킨의 동상이 있다. 훌륭한 시인이긴 하나 별로 연관 없어 보이는 이곳에 그가 책을 들고 서 있는 모습은 낯설기만 하다.

이렇게 지하철 2호선 을지로입구역 8번 출구로 나오면 기억

남부 관아터 표지석
을지로는 한양의 남쪽 지역에 해당되었다.

푸시킨 동상
서울에 러시아 시인 동상이라니!
낯설기만 하다.

을 만날 수 있다. 하지만 정작 1907년에 문을 연 중국집 아서원의 흔적은 어디에서도 찾아볼 수 없다.

지금은 가볍게 갈 수 있는 곳이지만 일제강점기의 중국집은 오늘날의 고급 레스토랑 같은 곳이었다. 게다가 공간이 넓어 집회와 모임 장소로도 이용되었다. 물론 호떡이나 싼 가격의 중국 요리를 파는 곳도 있었지만 가격과 규모가 월등한 아서원 같은 곳은 중화 고등요리점이라는 표현을 써서 따로 구분했다. 산동 출신의 화교가 운영하는 아서원은 북경식 요리를 제공하는 곳으로 명성을 떨쳤고, 특히 1925년 4월 17 일본 경찰의 감시를 피해 기자들의 단합대회를 명목으로 조선공산당 창당대회가 열린 역사적인 장소이기도 하다.

지금의 소공동은 조선 시대 태종의 딸이 개국공신의 아들과 결혼하면서 머물렀던 곳이다. 그래서 '소공주댁'이라고 불린다. 임진왜란 때는 일본군 장수가 지휘소로 사용했고 명나라군이 들어온 이후에는 이여송이 사용했다. 이때 선조가 명나라 장수를 자주 만나러 가게 되면서 '남별궁(南別宮)'이라고 불렸다. 일제강점기에는 조선주차군 사령관과 제1대 조선 총독을 지낸 하세가와 요시미치 사령관의 이름을 따서 '하세가와 마치'라고 불렀는데 한문으로 하면 '장곡천정(長谷川町)'이라서 조선 사람들은 그렇게 부르기도 했다.

광복 이후에는 다시 조선 시대의 명칭을 따서 '소공동'이라고 부른다. 외국인들의 발길이 많이 닿았던 곳이라서인지 지금도 호텔과 백화점들이 빼곡하게 있다. 일제강점기에는 일본인들이 세력을 떨치던 남촌에 속한 지역으로 조선식산은행을 비롯해서 일본인들이 세운 조선철도 호텔과 반도호텔, 조선 사람들이 정자옥이라고 불렀던 조지야 백화점 등이 자리해 있었다. 그리고 잘 알려지지는 않았지만 현재의 플라자 호텔 주변에는 화교들이 모여 사는 차이나타운이 형성되어있었다. 1966년 미국 린든 존슨Lyndon B. Johnson 대통령의 방한 무렵, 서울 한복판인 소공동이 화교들이 모여 사는 슬럼가처럼 보인다며 재개발 여론이 높아졌다. 결국 플라자 호텔을 비롯한 빌딩들이 들어서게 되고, 그렇게 소공동에 있던 아서원과 화교의 흔적은 기억되는 것조차 허락되지 않았다. 사실 소공동은 워낙 큰 빌딩들이 많아서 골목이라고 할 만한 게 남아있지 않다. 포장된 큰 도로와 깊은 그림자를 드리운 빌딩만 존재할 뿐이다. 그래서 서둘러 다음 코스인 명동으로 향했다.

— 청나라의 등장

1882년 구한말, 구식 군인들이 군대 내의 차별대우에 항거하여 일으킨 임오군란은 청나라의 개입으로 막을 내린다. 군인들의 봉기를 부추겼던 흥선대원군은 청나라로 끌려갔고, 죽었다던 명성왕후가 청나라군의 호위를 받으며 한양으로 돌아왔다. 이 사건은 그동안 형식적인 사대관계였던 조선과 청나라의 관계를 근본적으로 바꾸어놓았다. 강화도 조약 체결 이후 일본 세력이 커지는 것을 우려한 청나라는 군대를 주둔시키고 관리를 파견하면서 내정간섭을 강화했다. 같은 해에 조선과 청나라 사이에 체결된 조청상민수륙무역장정(朝淸商民水陸貿易章程)은 이런 상황을 상징적으로 보여주고 있다. 특히 이 조약은 청나라의 경제적 이권을 보장하도록 했기 때문에 기회를 노린 청나라 상인들이 속속 조선에 들어왔다. 그리고 다음 해인 1883년, 한성 남부 명례방의 낙동에 청나라에서 조선으로 파견한 총판 상무위원이 사무를 볼 수 있는 한성 상무공서가 세워진다. 현재의 주한 중국 대사관이 있는 바로 그 자리다.

이 시절 한성 상무공서에서 서쪽에 있는 집들을 사들여 길을 만들었다고 한다. 좁은 길로 드나들어 불편하다는 이유였다. 여기서 말하는 좁은 길이란 아마도 명동 지하쇼핑센터와 연결된 명동2길일 것이다. 이 길은 지금도 좁은 편이라 사람들이 조금만 많아도 통행이 불편하다. 당시 큰길인 남대문로와 바로 이어지는 통행로를 만들기 위해 집을 사들여 허물었던 것으로 보인다. 흥미로운 점은 이 길이 뒤에서 소개할 혼마치 입구와 나란히 있다는 점이다. 경성우체국을 가운데 두고 일본인과 중국인들이 다니던 골목길이 나란히 있었다는 점은 이곳의 위상과 의미를 명확하게 보여준다. 당시 청나라 상인의 위세는 일본인보다 더하면 더했지 못하지는 않았다.

그들의 위세를 보여주는 대표 사례가 바로 한성 상무공서 바로 옆자리에 지어진 중화회관과 관련한 소동이다. 당시 중화회관을 짓고 싶어 했던 자리에는 낙동의 염라대왕이라고 불렸던 이경하와 그의 친척들의 집이 있었다. 다른 친척들은 집을 팔았지만 이경하의 아들인 이범진은 매입 가격이 낮다는 이유로 매매를 거절했다. 그러자 청나라 상인들이 몰려와서 이범진을 구타하고 상무공서로 끌고 갔다. 그들은 이범진이 집을 넘겨주겠다는 서류에 서명한 후에야 풀어주었다. 억울함에 사무친 이범진은 곧장 조정에 나아가 청나라 상인들에게 협박과 구타를 당했다며 그 사정을 하소연했다.

그런데 조정은 이 사건을 해결하기는커녕 이범진이 조정의

청나라 상무공서가 개통한 길
구한말 청나라의 위세는 대단했다.
좁은 길이 불편하다며 그들은 집들을 사들여 길을 넓혔다.

체통을 훼손했다며 파직시켰다. 이 일은 당시 조선이 얼마나 허약했으며, 이에 반해 청나라의 위세가 얼마나 대단했는지를 보여준다. 참고로 이범진의 아버지인 이경하는 흥선대원군의 신임을 한 몸에 받던 인물로 포도대장과 한성부판윤, 형조판서를 역임했던 조정의 중신이다. 포도대장이었을 때 천주교도를 가혹하게 처벌해서 낙동 염라라고 불렸다. 그의 아들인 이범진 역시 정 6품인 사간원 정언에 있었다. 조선에서는 그 위세가 대단한 집안이었는데 고작 집을 매입하는 문제로 청나라 상인들에게 구타를 당하고 강제로 집을 넘겨준 셈이 된 것이다.

그 난리를 피우면서 세워진 중화회관은 청일전쟁에서 패배한 청나라 세력이 조선에서 물러난 후에도 한동안 자리를 지켰다. 하지만 1920년대 경성우체국이 확장되면서 없어진다. 그러니까 명동은 일본이 자리를 잡기 이전에 청나라가 먼저 뿌리를 내린 곳이라고 할 수 있다. 청일전쟁 이후 그 자리를 일본이 대신한 것이다.

중화회관의 설립과 유지, 그리고 중화회관이 사라진 자리에 일본이 경성우체국을 세웠다는 건 청나라와 일본이 번갈아 가면서 이곳의 골목길을 차지했다는 의미이다. 명동 골목길에는 우리가 없었다. 우리를 침략했던 일본과 중국이 있었을 뿐이다. 그런데도 우리가 이 길을 기억을 해야 하는 이유는 잊어버린다면 또다시 우리의 길을 누군가에게 빼앗길 수도 있기 때문이다.

— 청나라와 일본

명동 지하쇼핑센터를 나와 탁 트인 길 오른쪽에 있는 좁은 길로 들어서면 우리가 아는 명동과는 사뭇 다른 모습이 펼쳐진다. 명동2길인 이곳은 중국 대사관으로 향하는 길이자 낯선 것이 많은 명동에서도 특이한 풍경을 보여주는 골목길이다. 음식점과 기념품을 파는 가게들 대신 환전을 해준다는 안내판이 곳곳에 붙어있다. 그것도 한문으로 말이다. 명동대로에서는 잘 찾아볼 수 없던 여행사 간판도 보이고, 그 옆에는 국적 취득 상담부터 각종 서류 번역과 대사관 업무를 대행해주고 심지어 결혼

수속까지 밟아준다는 사무실로 있다. 구하기 힘든 중국이나 일본 잡지, 외국 연예인 브로마이드를 펼쳐놓고 파는 곳도 많다.

상점들이 있는 곳을 지나면 오른쪽으로 공터가 나오고 왼쪽에는 중국 대사관 담장이 쭉 이어져 있다. 계속 걸으면 오른쪽 공터가 끝나는 지점에 붉은색 벽돌 담장 너머로 하얀색 2층 건물이 나타난다. 한눈에 봐도 고풍스러워 보이는 이곳은 현재 카페로 영업 중이다. 하지만 출입구 위쪽에 청천백일기 마크가 붙어있고 대문 오른쪽에 한화교민복무위원회(韓華僑民服務委員會)라는 현판이 붙어있는 것으로 보건대, 중국과 수교하기 이전 대만과 수교했을 당시에 사용했던 건물로 추정된다. 오성홍기가 펄럭거리는 중국 대사관 바로 앞에 청천백일기가 붙어있는 건물이라니 여러모로 기분이 묘했다. 2층에 올라가면 내부 구조가 잘 드러난 인테리어에서 차를 마실 수 있다. 중국 대사관과 거리가 잘 보이므로 잠깐 들러 쉬어가기에 좋다.

붉은색 대문과 녹색 기와가 얹어진 중국 대사관 입구를 지나면 바로 오른쪽으로 꺾어지는 골목길이 나온다. 모서리에 있는 건물은 모두 환전사무소들이다. 이 길이 바로 한성 상무공서가 지어지고 큰길로 나가기 위해 집을 사들여 길을 만든 곳이다. 직선으로 뻗은 길의 끝에는 새로 지어진 서울 중앙우체국 빌딩의 그림자가 드리워져 있다.

이 골목에서는 한글을 찾기가 오히려 어렵다. 많이 줄기는 했지만 아직도 이곳에는 화교들이 직접 운영하는 중국 음식

중국 대사관 거리
왼쪽으로는 중국 대사관 담장이 이어져 있고 오른쪽으로는 환전사무소와 각종 상점들이 들어서 있다.

대만과 수교했을 당시 사용했을 것으로 추정되는 카페 건물
중국 대사관 거리 끝자락에 하얀색 2층 카페가 있다. 대만과 수교할 당시 사용했던 건물로 추정된다.

점들이 있다. 한국화된 중국 음식이 아닌 본토의 산동 요리 맛을 느끼고 싶다면 이곳 음식점의 문을 열고 들어가는 것도 좋은 선택이다.

골목길에서 낯선 것과 마주친다는 것은 익숙지 않은 일이다. 우리에게 골목길은 늘 익숙하고 친숙한 존재이기 때문이다. 하지만 이곳 골목길은 외국에서 건너온 기억과 흔적을 아낌없이 품었다. 그래서인지 중화거리라고 부르는 이 골목을 걷는 게 그리 낯설지만은 않았다.

— 이토 히로부미의 흔적

중국인들이 뚫어놓은 길을 따라 한국은행 앞 사거리로 나오자 중세의 성채 같은 한국은행 화폐박물관이 나타났다. 일본이 조선을 집어삼킨 후 수탈을 위해 지은 조선은행은 광복 후 한국은행이 되었고 현재는 화폐박물관으로 사용 중이다. 흥미로운 건 조선은행이 세워질 당시의 소공동은 대표적인 차이나타운이었다는 점이다.

내가 보고 싶은 것은 화폐박물관 바깥에 있다. 정확하게는 모서리에 새겨진 정초석이다. 얼마 전 정초석을 새긴 주인공이 초대 통감이자 하얼빈에서 안중근에게 총살된 이토 히로부미라는 사실이 공식적으로 확인되었다. 원래는 '定礎(정초)'라는 글자 옆

중화거리 풍경들
한글 찾기가 오히려 어렵다.
화교들이 직접 운영하는 중국 음식점을
쉽게 찾을 수 있다.

이토 히로부미 정초석
일본의 지배가 남겨놓은 깊은 흔적

에 이토 히로부미의 이름과 새거진 날짜가 적혀있었는데 현재는 대한제국의 마지막 연호인 융희(隆熙) 3년 7월 11일, 그러니까 1909년 7월 11일이 한문으로 쓰여있다. 광복 이후 새롭게 새긴 것이다. 은행이 지어진 시기를 고려하면 당연한 일이겠지만 서울 한복판에 이토 히로부미가 쓴 정초석이라니, 부끄러운 역사라고 해서 모두 없앨 수는 없으니 착잡한 일이다. 지금은 서울시립미술관인 경성재판소 역시 1928년 완공될 당시 조선 총독인 사이코 마코토의 이름이 남겨진 정초석이 그대로 남아있다. 이 또한 일본의 지배가 남겨놓은 깊은 흔적이다.

아울러 이곳은 1919년 3월 1일, 파고다 공원에서 시작된 만세 시위 행렬이 지나간 곳이기도 하다. 여러 갈래로 나뉘었지만 대부분 소공로를 거쳐 갔다. 그러니까 일본의 지배를 거부하기 위한 발걸음이 이토 히로부미의 흔적 옆을 지나갔던 것이다. 역사가 주는 무게가 새삼 느껴지는 대목이다.

– 구리개에서 본정으로

여기서 다시 길을 건너서 신세계 백화점 쪽으로 가면 두 갈래로 갈라진 서울 중앙우체국과 대연각 타워 사이의 좁은 길이 보인다. 큰 빌딩 사이의 좁은 길처럼 보이지만 백 년 전에는 이곳을 드나드는 것이 모던보이와 모던걸들의 상징이었다. 그래서 도쿄의 긴자거리를 어슬렁거리는 것을 가리켜 긴부라(銀ぶら)라고 했듯이 이곳을 드나드는 것을 '혼부라'라고 불렀다. 일제강점기 시절 이곳의 지역명이 혼마치, 즉 본정(本町)이었기 때문이다.

혼마치가 들어서기 전, 이 길은 질퍽거리는 구리개로 올라가는 시작점이기도 했다. 즉 이 앞에 서면 누구나 다 도포 자락과 바지 자락을 접고 힘들게 올라가야만 했다. 조선 시대 한양의 남쪽은 가난한 선비와 백성이 사는 곳이었다. 특히 남산자락은 햇빛이 잘 들지 않고 항상 길이 질척거려 오가기가 어려웠다. 그래서 구리개나 진고개로 불렸는데 진흙이 많아서 걷기 힘든 고갯길이라는 의미이다. 돈은 없고 자존심만 남은 남산골 선비의 상징이 나막신이 된 것도 이와 관련이 있다. 진흙투성이 길을 짚신으로 걸을 수는 없었을 테니 말이다.

19세기 후반, 햇빛도 들지 않고 관심 밖이었던 남산 일대에 낯선 외국인이 몰려왔다. 주로 일본인이었는데 아직 조선을 차지하기 전이라 조선인이 살고 있던 종로 일대로는 진출하지 못

본정 입구

큰 빌딩 사이의 좁은 길처럼 보이지만
백 년 전만 해도 모던보이와 모던걸이
드나드는 경성의 중심지였다.

하고 상대적으로 한적한 남산의 구리개 일대에 자리를 잡은 것이다. 영사관을 중심으로 거류민이라고 부르는 일본 이주민들이 하나둘 자리를 잡았고, 조선을 식민지로 삼은 이후에는 이곳이 경성의 중심지가 된다. 지금 화폐박물관이 된 조선은행과 맞은편의 미쓰비시 백화점, 그 옆의 조선 저축은행, 그리고 서울중앙우체국이 된 경성우체국이 마치 성벽처럼 자리하고, 가운데는 분수대와 함께 큰 광장이 조성되었는데 조선은행 앞의 광장이라는 뜻으로 '선은전 광장', 일본어로는 센긴마에 히로바(鮮銀前 廣場)로 불렸다. 특히 경성우체국 옆길은 아치형 철제 구조물이 세워지고 '本町(본정)'이라는 글씨가 새겨졌다. 이곳이 바로 경성의 일본인 중심지 본정의 입구다.

본정 안쪽으로는 일본인들이 세운 제과점과 양복점, 다방과 음식점, 서점들이 있어 조선인들이 조심스럽게 구경을 오곤 했다. 정확하게 말하면 이 거리 자체는 혼마치(本町, 충무로)에 속하지만, 골목 안쪽에 있는 주한중국 대사관과 한성화교 소학교는 메이지마찌((明治町, 명동)에 속한다. 현재도 명동과 충무로의 구분점이다. 지금도 골목길 안쪽으로 들어가 처음 마주치는 사거리에는 중국과 일본의 모습이 한 공간에 있다. 화교가 운영하는 중국 음식점 옆에 일본어 간판을 건 상점이 나란히 붙어있는 모습에서 명동 골목길이 지나온 역사가 느껴진다.

명동 안쪽 골목길은 좁지만 곧게 뻗어있다. 예전처럼 선망의 눈으로 바라보며 지나가는 사람은 적지만 충무로와 이어지는 야트막한 골목길은 근대의 역사와 기억들이 고스란히 남아 지금까지 어떻게 이어지고 변화해왔는지 보여주고 있다. 아울러 우리가 이 골목에서 무엇을 기억하고 잊지 말아야 하는지도 알려준다. 앞으로 가볼 골목길과 기억해야 할 것들을 떠올리면서 지친 몸을 추스르고 어깨에 멘 가방을 끌어당겼다.

명동 거리와 안쪽 골목길
애전처럼 지나가는 사람이 많지는 않지만 중국과 일본의 틈바구니 속 근대의 역사와 기억이 고스란히 전해진다.

경고

◦ 김효찬 篇

코로나19로 아무도 없는 명동을 어떻게 이야기해야 할지 괴로웠다. 그리고 답사 전 한가롭게 봄처럼 예쁜 골목이나 그리려 했던 걸 부끄러워했다.
사람들은 예쁜 그림을 좋아하고 나도 고운 색의 꽃 같은 골목을 그리고 싶지만 나는 굳이 거짓 없이 그림을 그리기로 했다. 그리고 아무도 알아주지 않을 어떤 비장함으로 참아 삼켰다. 슬픈 사람은 슬프게, 파란 그림자는 파랗게 그리는 게 몇 배는 더 어렵지만 나는 굳이 그렇게 그리기로 했다. 나는 문 닫은 상가를 예쁘게 그릴 자신이 없다.

십여 년 전 액세서리 장사를 할 때 서너 곳의 쇼핑몰에 입점해 있었다. 그중 한 곳이 명동에 있어서 나는 한 주에도 이곳을 네댓 번씩 들르곤 했었다.
그때 명동은 낮과 밤, 주말과 평일 상관없이 사람들로 가득해 명동 골목 어디를 가나 길에 끝이 보이지 않았다.

그렇게 사람이 많은 곳에 큰 버스들은 수시로 중국인들을
내려놓기 바빴고 거리 중앙에서 노점을 운영하던 상인들은
쉰 목소리로 일어와 중국어를 연신 말하고 있었다.
언젠가 나는 명동에 있는 한 부동산에 들어가 상가 매물을
물어본 적이 있었다. 신기하게도 귓구멍에 긴 털이 있던 아저
씨는 권리금만 해도 어지간한 집 한 채 값이라며 나를 상대조
차 하지 않았었다.
명동은 그렇게 바쁘고 콧대 높은 곳이었다.

2020년, 그런 명동이 텅 비었다.
번성하던 왕국의 유적처럼 잘 뻗은 도로며 가로수며 간판들은
그대로인데 사람이 보이지 않았다.
사람이 없어진 골목에 간판들은 오히려 더 많아진 듯 어지러워
나는 예전에 다니던 밥집과 술집이 있던 자리를 서성였지만
찾을 수가 없었다.

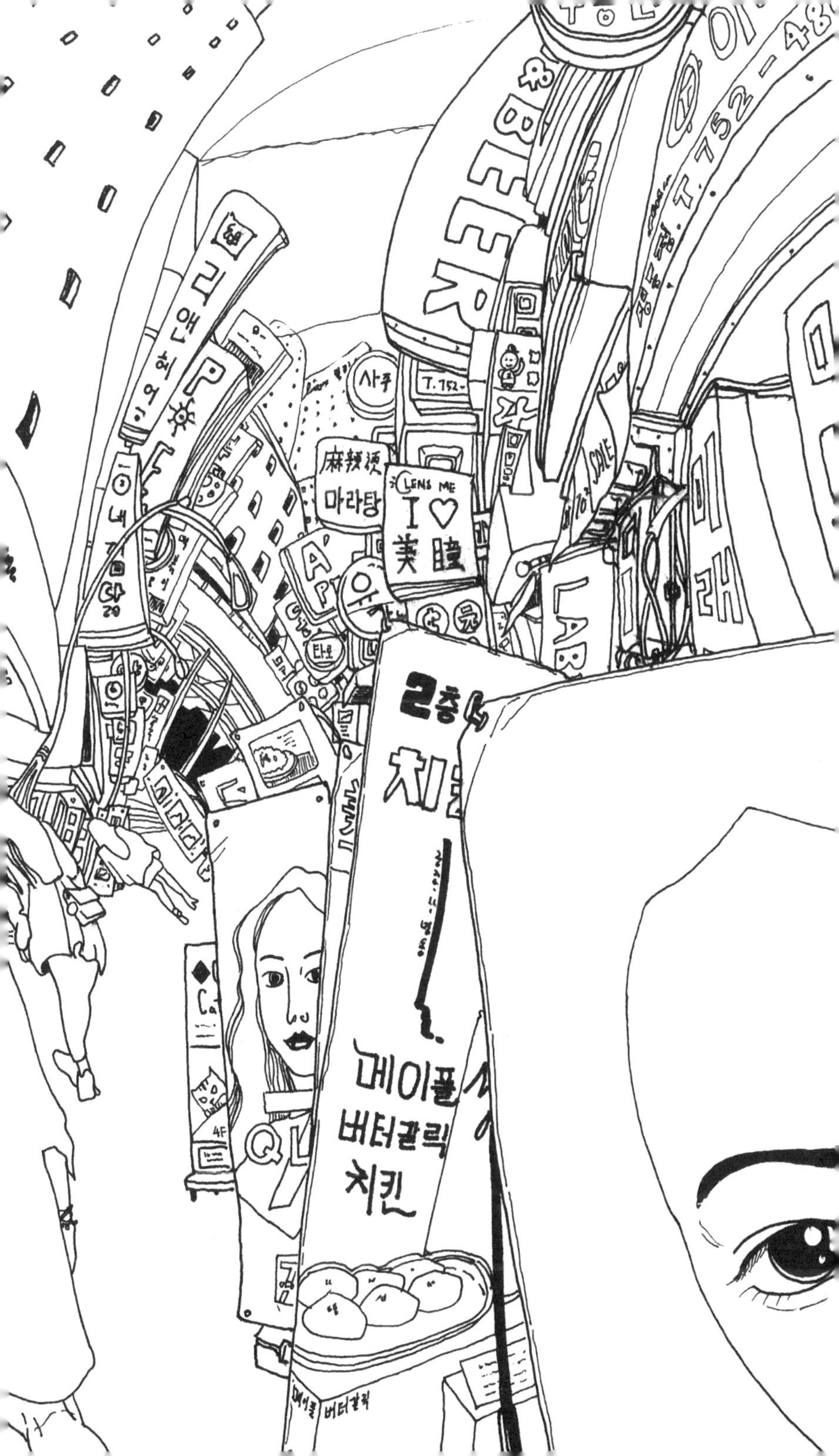
BEER
사주
麻辣烫
마라탕
LENS ME
I ♡
美瞳
SALE
타로
2층
메이플
버터갈릭
치킨
4F
메이플 버터갈릭

BUSANIJIB
노
래
방
釜山家
BUSANIJIB
プサンチップ
HALAL
2F

장사를 10년이나 했던 나는 아직도 악몽을 꾼다.
새로 가게를 오픈했는데 매장에 사람이 한 명도 없어 슬퍼하는 꿈. 이건 군대에 다시 가는 악몽보다 참혹한 것이어서 잠에서 깨면 눈물이 흘러 있기도 하다.
나는 악몽이 현실이 된 상인들의 마음이 전해져 몹시 괴로웠다.
이날 점심쯤 안경점 앞을 지나는데 60대로 보이는 사장님이 쌀쌀한 날씨에도 굳이 밖에 나와 호객행위를 하고 계셨다.
혼자서 가던 길을 멈추고 몇 개의 안경을 보다가 사정을 말하고서 다시 일행을 찾아 나섰다. 답사를 마치고 다시 오겠다는 약속과 함께.
다시 오겠다는 상인과의 약속은 공허한 것이어서 굳이 오지는 않겠다는 말과 같지만, 나는 답사를 마친 저녁 무렵 명동을 휘돌아 안경점을 다시 방문했다.
나의 착한 일행들은 아픈 내 마음을 아는지 모르는지 굳이 안경점까지 같이 와주었고 내가 몇 만 원짜리 안경을 하나

하자 윤 대표도 공연히 선글라스 하나를 사서 나는 몹시 예쁘다는 칭찬을 많이도 해주었다.

사업하는 윤 대표도 나와 같은 마음이었겠지, 그렇게 예쁜 마음이니 어떤 걸 쓴들 모두 다 잘 어울릴 거라는 말은 하지 않았다.

명동은 답사하는 골목 중에 가장 아픈 곳으로 기억될 것 같다. 빨리 일상이 정상을 찾기를, 상인들이 악몽 같은 현실에서 깨어날 수 있기를, 나는 종교도 없이 알 수 없는 누군가에게 간절히 기도했다.

50년
명품수선
핸드백구두
구두 핸드백
명품 40년 수선
BAG SHOES
명품 수선
상품권

두 번째 골목

광장시장

나의 추억

인터뷰는 황궁우가 보이는 조선 철도 호텔 커피숍에서 이루어졌다. 〈별세계〉 잡지사의 류경호 기자는 환갑을 넘긴 박승직을 바라봤다. 검은색 조끼를 입은 보이가 주문한 커피를 가져다주고 공손히 인사를 하고 물러났다. 벽뿐만 아니라 지붕까지 유리로 된 커피숍 안으로 햇살이 쏟아져 들어왔다. 커피숍 내부는 야자수 같은 식물이 가득해 이국적으로 느껴졌다. 커피를 한 모금 마신 류경호 기자가 수첩과 만년필을 테이블에 올려놓은 채 박승직에게 말했다.

"인터뷰를 시작해도 되겠습니까?"

"그렇게 하세."

스무 살이 되기 전부터 쌓은 장사꾼 특유의 노련함이 대답에서 흘러나왔다.

"뭐가 궁금하신가? 기자 양반."

"선생님은 조선 상계의 살아있는 전설이나 다름없으십니다. 이와 관련한 추억담이나 기억 같은 게 있으십니까?"

박승직은 등받이에 기댄 채 한동안 생각에 잠겼다가 입을 열었다.

"추억이라고 하니 호랑이 담배 먹던 시절 이야기나 한마디 함세."

류경호 기자가 고개를 끄덕이자 박승직이 이야기를 이어나갔다.

"지금이야 종로 사거리에 나가보면 길도 넓고 큰 가게도 수두룩하지. 거기다 밤이 되어도 전깃불이 대낮처럼 환해서 불야성을 이루고 있지. 하지만 40년 전에는 전혀 사정이 달랐네."

"어떻게 말입니까?"

"길도 좁고 전깃불이 없어서 파는 사람이나 사는 사람이나 낮에만 다닐 수 있었지. 그뿐만이 아니라 당시에는 한 가게에서 한 가지 물품만 팔 수 있었네. 그러니까 백목전에서는 백목만 팔았지 명주는 팔지 않았던 거지. 반대로 명주전에서는 명주만 팔고 백목은 거들떠보지도 않았어. 그리고 그때는 아무나 가게를 할 수 있는 게 아니라서 아무리 부자라고 해도 종로에 가게를 열지 못했지."

"지금이랑은 완전히 달랐군요."

"달랐다마다. 당시 상인들은 손님들을 등쳐먹고 속이는 데 혈안이 되어있었지. 모시를 파는 저포전은 상점 주변에 늘 차양을 쳐서 어둡게 만들었다네. 왜 그런지 아는가?"

만년필로 열심히 메모하던 류경호 기자가 고개를 젓자 박승직이 씁쓸한 웃음을 지었다.

"환하면 나쁜 상품을 좋다고 거짓말을 해서 팔 수가 없으니까. 그러다 가끔 차양을 걷었을 때 손님이 오면 주인은 일하는 아이에게 누구를 좀 불러오라고 한다네. 진짜로 누굴 불러오라는 게 아니라 차양을 쳐서 어둡게 만들라는 얘기지."

한동안 그의 얘기를 듣던 류경호 기자가 조심스럽게 물었다.

"광장시장 얘기를 좀 듣고 싶습니다."

"아하, 그래서 날 만나자고 했구만. 일청전쟁이 끝나고 돈만 있으면 누구나 장사를 할 수 있게 법이 바뀌었지. 그래서 행상들이 늘어났는데 동대문이나 남대문은 이미 꽉 차서 가질 못하고, 배오개 좁은 길에 자리를 잡고 물건을 팔았다네. 그래서 그들에게 장사할 자리를 마련해주기 위해 몇몇 사람들이 손을 잡고 광장회사를 세웠지. 그때가 광무 9년이었으니까, 양인들이 쓰는 서력으로는 1905년이겠구만."

"그때 세운 게 동대문 시장이었습니까?"

"맞아. 벌써 30년이 다 되어가는군."

"시장 이름은 동대문인데 왜 회사 이름은 광장이었습니까?"

회상에 잠겨있던 박승직이 류경호 기자의 질문에 너털웃음을 지었다.

"원래는 광교와 장교 사이의 하천을 복개하고 그 위에 시장을 지을 생각이었다네. 그래서 광교에서 광, 장교에서 장을 따서 광장시장이라는 이름을 지었지."

"왜 굳이 하천을 복개한 자리에 시장을 세우려고 했나요?"

"땅이 없었으니까. 진고개랑 남대문 일대는 일본 상인들이 이미 자리를 잡아서 종로나 청계천 쪽에 시장을 열어야 했거든."

"어쨌든 그렇게 연 시장이 조선인들의 상권을 지탱해주었군요."

"그거라도 없었으면 조선인들이 어디 가서 장사를 했겠나."

자부심과 안타까움이 담긴 박승직의 대답에 류경호는 다만 고개를 끄덕일 뿐이었다.

종로대중 사우나
GS25
더치앤빈
모래네설렁탕
로얄파크뷰
삼양데이타 시스템
파리바게뜨
장박사부대찌개
종로구선거 관리위원회
컴포즈커피
아바이순대
한국농어촌 사회연구소
종로33길
호텔아트리움
서울혜화 경찰서
월선네
베니스
두산아트센터
24게스트하우스 종로타워점
잔등재
연강홀
배부장찌개
리카페
연지드림빌
대학로1길
효성주얼리 시티
KB국민은행
원할머니보쌈족발
투썸플레이스
온유약국
종로5가 우체국
탐앤탐스
종오약국
IBK기업은행
종로5가역
종로
종오지하 쇼핑센터
종로4가 지하상가
종로4가 사거리
출발
종로5가 파출소
NH농협은행
원제한의원
육회자매집
할머니집순대
광장시장 먹자골목
동호로
북문삼베수의 전문상가
우리은행
나무집
은성횟집
광장죽집
할리스커피
광장시장
광장직물부
용일네
별관한복
수입구제상가
새마을금고
엄지김밥
CU
종로4가혼수 지하쇼핑센터
도착
남부상회
예지상가
수도직물부
KB국민은행
평화직물
영신상가
세븐일레븐
청계천로
천일상가
광장패션타운
동신상가
지영고시텔
청계4가 사거리
청계천로
IBK기업은행
배오개다리
한일재단
방산분식
청계천로
강산옥
방산시장
삼영
A동
은주정
길월마트
돈푸대
대복마트
보건옥
동호로37길
고향맛집
방산시장
다솔베르크 원룸고시텔
방산식품
중앙부동산 중개인사무소
우래옥
B동
을지로27가길
방산
을지로35길
문화옥
세마을금고
CU
중앙프라자
을지로35길
을지로35길
중앙 아파트
을지어린이집
을지로33길
나드리식품
을지로33길
을지로4가역
인삭토스트
오투레지던스 원룸텔
한발식품
장수
중앙외과의원
방약국
신한은

정명섭 篇

— 시장의 탄생

우리는 흔히 광장시장을 '넓을 광(廣)'자와 '마당 장(場)'자가 합쳐진 이름이라고 착각한다. 그도 그럴 것이 수백 미터의 길이와 엄청난 면적, 그리고 수많은 손님이 오가는 광장 같은 곳이기 때문이다. 하지만 광장시장을 만든 광장회사의 광장은 넓을 광자는 맞지만 장은 '긴 장(長)'자였다. 애초에 광장회사가 점찍은 시장 자리가 광교와 장교 사이의 하천 위였기 때문이다. 다리 이름을 한자씩 따서 '광장(廣長)'회사가 된 것이다.

하지만 광교와 장교 사이를 복개해서 시장을 세우겠다는 원대한 계획은 당시 기술로는 완벽한 복개가 불가능했다는 점, 그리고 비용이 많이 든다는 점 때문에 실행에 옮겨지지 못했다. 그래서 발음은 그대로 유지한 채 '품을 장(藏)'자를 써서 '광장(廣藏)시장'으로 탄생한 것이다.

이러한 사실에서 알 수 있듯 광장시장의 역사는 굉장히 오래되었다. 박승직이 조선일보와의 인터뷰에서 회고하기를 일청전쟁이 끝난 해인 1905년에 설립했다고 했으니 100년은 너끈히 넘긴 셈이다. 100년은 둘째치고 50년도 넘기기 힘든 현실에서 광장시장은 대체 어떻게 그 오랜 시간을 버텨왔을까?

— 시장의 역사

우리나라 시장의 역사는 꽤 오래된 편이다. 삼국시대 때 이미 시장이 생겼고, 신라는 지증왕(신라 22대 왕, 재위 500~514) 때 동시(東市)라는 관영시장을 설치하고 동시전(東市典)이라는 관청을 두기도 했다. 고려 때는 시장에서 이슬람 상인이 만두를 팔았다는 기록이 남아있을 정도다. 이에 반해 조선은 농업을 국가의 근본으로 내세웠기 때문에 신라나 고려와는 달리 시장의 조성에 대해서 적극적이지 않았다. 하지만 도성인 한양의 경복궁 앞에 시장을 조성하게 된다. 주례에 나오는 좌묘우사 전조후시(左廟右社前朝後市), 즉 좌측에 종묘, 우측에 사직, 앞쪽에 궁궐, 뒤쪽에 시장이라는 유교의 전통을 충실히 따른 것이다. 다만 경복궁 뒤쪽에는 북악산이 있었기 때문에 부득이하게 경복궁 앞쪽에 시장을 조성했다. 이때 조성된 시장은 무려 800칸이 넘는 행랑으로 혜정교에서 창덕궁 동쪽까지였다. 혜정교는 광화문 우체국 건너편 교보문고 앞에 있었고 창덕궁 동쪽은 대략 종로 3가 사거리 즈음이니 약 1~2킬로미터 정도 이어졌을 것이다. 이후 이 시장은 이후 한양에 유입되는 인구가 늘어나면서 여러 차례 증축되고 규모가 늘어났는데 최종적으로는 약 2,000칸에 달했다. 이렇게 조성된 시장은 한양에 거주하는 사람들에게 필요한 생필품들을 공급했으며 궁궐에서 필요한 물품들도 이곳에서 조달했다. 이 시장은 엄청난 규모를 자랑했고 한양의 중심부였기 때문에 사람들이 구름처럼 많이 몰려온다고 해서 운종가(雲從街)라고도 불렸다. 조선은 정부가 시장을 직접 운영하고 통제함으로써 상업의 발달을 억제했다. 하지만 시장은 그 힘을 이겨내고 무럭무럭 자라난다. 관영시장의 그늘 속에서 자그마한 시장들이 조금씩 생겨난 것이다.

그렇게 된 가장 큰 이유는 시간이 지나면서 한양의 인구가 늘어났기 때문이다. 한양의 시장이 아무리 크다고 한들 그곳까지 가기 힘들 정도로 멀리 사는 사람들이 있었고 그들 또한 시장이 필요했으니 전철역 앞이나 번화한 거리에 노점상이 생겨나듯 중종 때 이미 한양 곳곳에 시장들이 생겨났고 조선 후기 상평통보를 비롯한 화폐가 본격적으로 사용되면서 이런 시장들의 규모와 숫자는 점점 늘어났다.

시장들이 우후죽순 생겨나자 시전 상인들은 경쟁자들을 물리치기 위해 조정에 세금을 바치고 독점권을 인정받는다. 금난전권(禁亂廛權)이라고 부르는 이 독점권은 재정이 악화된 조정과 경쟁자를 제거하려는 시전 상인들의 이해관계가 맞아떨어지긴 했지만 존속하는 내내 도전을 받았다. 상인들은 잠깐 물건을 팔았다가 걷어서 사라지거나, 시전으로 들어가는 상품을 미리 매입해버리기도 했다. 결국 정조 때 금난전권을 혁파하는 조치가 취해지면서 시장은 독점이라는 굴레를 벗게 된다. 이때쯤 되면 배오개라고도 불리는 이현과 칠패시장이 형성된 상태다.

시간이 흘러 19세기 후반, 조선이 개항하면서 서양의 상품들이 우후죽순처럼 들어왔다. 그리고 일본과 청나라 상인들도 조선에 들어온다. 새로운 상품과 경쟁 상인의 등장으로 기존 시장과 상인들은 큰 타격을 입는다. 하지만 나름대로 적응 과정을 거치면서 살아남는데, 특히 이현시장은 광장시장으로 변모하면서 오늘날까지 이어진 것이다. 우리가 무심코 다니는 이 시장은 수백 년의 역사와 격동기를 헤쳐온 백전노장의 역사였고 광장시장이 100년 넘게 버틴 저력이었다.

— 광장으로 가다

이 시점에서 고백을 하나 해야 할 게 있다. 사실 나는 시장을 별로 좋아하지 않는다. 큰소리로 외치는 상인들과 어디서 나는지 모르는 쾨쾨한 냄새, 좁디좁은 미로 같은 길이 불편했기 때문이다. 요즘 시장은 지붕을 씌워서 햇빛이 잘 들어오지 않는다는 점도 불만이었다. 내가 생각하는 골목길은 자연스럽게 휘어

광장시장 입구

시장은 치열한 삶의 흔적을 고스란히 느낄 수 있는 또 다른 골목길이다.
특히 광장시장은 조선 후기 이현시장을 거쳐 100년을 너끈히 살아온 오래된 골목길이다.

진 구불구불한 길에 따사로운 햇살이 비추고 인적이 드문 오래된 길이기 때문이다.

하지만 광장시장에 들어선 순간, 시장은 다른 의미의 골목길이라는 점을 느꼈다. 치열한 삶의 흔적들을 고스란히 볼 수 있었기 때문이다. 우리는 광장시장이라고 하면 흔히 마약김밥을 비롯한 먹거리만을 떠올린다. 우리가 갔던 날도 음식을 파는 좌판과 상점에 손님들이 가득했다. 파는 음식도 다양해서 떡볶이와 순대 같은 분식부터 회와 비빔밥, 칼국수까지 다양했다.

우리는 대개 골목길이 조용하고 고요하며 텅 빈 곳이라고 생각한다. 하지만 골목길은 치열한 삶이 오가는 곳이다. 골목길을 통해 직장이나 가게로 출근하는 사람들, 좀 더 빠른 지름길로 가기 위해 좁은 골목을 오가는 행인들. 광장시장 역시 오가는 사람들의 배를 채워주는 먹거리를 통해 골목과 닮은 모습을 보인다. 하지만 광장시장이 처음부터 먹거리로 유명한 곳은 아니었다.

앞서 말했듯 광장시장은 조선 후기 생겨난 이현시장의 후예라고 할 수 있다. 이현시장은 동대문 근처 배오개 남쪽에 형성된 시장으로 '이현(梨峴)'이라는 이름은 배오개를 한문으로 표기한 것이다. 18세기에 이미 종로의 시전, 칠패시장과 어깨를 나란히 하는 큰 시장으로 성장한 이현시장(오늘날의 광장시장)은 근처의 동대문 부근이 한양에 주둔 중인 군인들의 거주지가 된 것이 그 시작이다. 부족한 급료 탓에 가난에 허덕이는 군인들을 위해 조정에서는 그 가족들이 제한적으로 물건을 사고파는 것을 허가한다. 그러자 동대문 근처 이현에 군인 가족들이 모인 시장이 형성되었고, 비슷한 시기에 동대문 바깥에서 각종 채소가 재배되었는데 가까운 곳인 이현에서 그 채소들을 사고팔게 된 것이다. 이 밖에도 다양한 품목을 취급하면서 이현시장은 종로의 시전들과 어깨를 나란히 할 정도로 규모가 커진다.

이렇게 성장한 이현시장 역시 근대에 접어들면서 도로의 확장과 맞물려 폐쇄될 위기를 겪는 등 큰 변화를 겪는다. 하지만 거리가 정비되고 전차가 부설되면서 오히려 활기를 띠며 차츰 종로 4가와 예지동 일대까지 확장한다.

— 광장시장의 변천사

1905년, 러일전쟁에서 승리한 일본의 침략이 점점 거세지던 시기에 종로의 대표 상인 박승직을 중심으로 상인들이 광장회사를 발족시킨다. 일본을 비롯한 외국 자본의 경제적인 침탈에 맞서 싸우기 위해 이현시장 상인들이 뭉친 것이다. 이때의 광장시장은 동대문시장이라고도 불렸는데 바로 옆에 동대문이 있었기 때문이다. 다양한 상품을 취급했지만 이현시장이었을 때처럼 채소와 건어물을 많이 취급했다.

광장시장은 한국 전쟁을 겪으면서 큰 피해를 겪었다. 전쟁으로 인해 시장 전체가 잿더미가 된 것이다. 불타버린 광장시장은 1959년에 가서야 겨우 복원된다. 붉은 벽돌 건물로 된 아케이드와 구름다리처럼 1층을 가로지르는 2층이 만들어진 것도 바로 이때였다.

다시 복원된 광장시장에서는 미제 밀수품과 함께 포목과 원단을 취급했고, 채소나 건어물은 주택 근처의 작은 시장으로 옮겨갔다. 포목과 원단 전문시장으로 거듭난 광장시장은 1970년대 전성기를 맞으면서 성장을 거듭한다. 시장의 영역이 늘어난 것은 물론, 주변에 노점과 좌판까지 생겨났다. 이때의 광장시

광장시장 전골목

시대의 변화에 발맞추어 광장시장은 끝까지 살아남았다.

장은 광주리 하나만 가져다 놔도 먹고 살 수 있다는 얘기가 나올 정도였다. 오늘날 먹거리 좌판들이 집중적으로 들어와 있는 전골목이 과거에도 이런 좌판들이 있던 곳이었다는 점은 우연이 아닐 것이다.

1970년대 후반, 광장시장은 또다시 큰 위기를 겪는다. 도심지 한복판에 번잡한 시장이 있는 걸 못마땅해한 정부가 새로 만들어진 고속버스터미널 근처로 이전을 추진했기 때문이다. 결국 시장을 이전하지는 못했지만 원단과 포목을 취급하던 중심지가 광장시장에서 동대문시장으로 옮겨지면서 차츰 이곳은 청바지를 비롯한 구제 물품을 판매하기 시작했고 포목 상점이

나간 자리는 음식을 파는 좌판들이 대체했다. 1960년대 중반부터 이곳에서 장사를 했던 상인의 회고에 의하면 처음에는 좌판에서 나일론 속옷을 팔았다가 점포를 얻고 난 이후에는 청바지를 팔았다고 한다. 그러다가 불경기가 찾아온 1970년대 중반부터 생선회를 판매하는 것으로 업종을 바꿨고 1990년대 초 생선회가 팔리지 않자 칼국수로 다시 업종을 바꾸었다고 한다. 광장시장이 어떤 식으로 시대의 변화에 발맞춰왔는지를 짐작할 수 있다.

— 광장이라는 미로에 서서

그래서인지 광장시장을 보면 노련함이 묻어난다. 사람들을 끌어모을 수 있는 매력적인 모습들을 보여주지만 절대로 과하지 않게 선을 지키는 것이다. 전골목을 비롯한 광장시장의 골목들은 그동안 다녔던 서울의 다른 골목과는 다른 모습이다. 하지만 사람이 오가고 사람 냄새가 물씬 풍긴다는 본질은 같았다. 100년이 넘는 세월 동안 다양한 물건을 팔았던 광장시장은 지금은 마약김밥을 비롯한 먹거리로 유명하다. 시장 안에 들어서면 빈대떡을 굽는 기름 냄새가 솔솔 풍긴다. 두툼한 순대와 보글보글 끓는 떡볶이, 온갖 채소가 들어간 비빔밥, 다른 한쪽에는 생선회를 비롯한 해산물까지 판매한다.

우리가 광장시장에 갔을 때는 점심과 저녁 사이의 애매한 시간이라 손님이 적었지만 북적거린다는 느낌을 주기에는 부족함이 없었다. 생각보다 젊은 손님이 많아서 셀카봉을 들고 다니는 모습이나 둘러앉아 막걸릿잔을 기울이는 모습이 눈에 띄었다. 온갖 음식을 보니 저절로 배가 고파져 우리는 음식을 파는 좌판 한 군데에 자리를 잡았다. 딸이 김밥을 마는 동안 주인아주머니는 능숙하게 접시를 치우고 손님들과 대화를 나눴다. 예전에 외국인 손님이 많았을 때는 대번에 국적을 알아맞힌 적이 있다는 자랑을 들으면서 문득 시장과 골목길은 누가, 언제 들어와도 어색하거나 이상하지 않다는 점을 깨달았다. 이런 생각으로 광장시장을 바라보자 곧게 뻗어있던 시장길이 좌판과 사람들이 있는 구불구불한 골목길처럼 보이기 시작했다.

주인아주머니 말에 따르면, 1990년대 접어들면서 광장시장은 깊은 불황을 겪게 되었다고 한다. 동대문에 대형 의류 쇼핑센터가 등장하고, 강남을 비롯한 다른 곳에 시장들이 속속 생겨나면서 포목과 원단은 물론 청바지를 비롯한 구제 의류도 경쟁력을 잃어갔다. 하지만 다행스럽게도 2000년대 접어들면서 외국 관광객이 차츰 늘어나고 청계천이 복원되면서 방문객이 많아져 이곳 상인들을 상대로 판매하던 먹거리들이 급부상한 것이다.

배를 든든히 채운 후 다시 시장 탐방에 나섰다. 광장시장의 동쪽 전골목은 먹거리를 파는 곳이라 항상 사람들로 북적거리

광장시장 구제 물품을 파는 곳
지나다니는 손님이 적어 한적하다.

지만 서쪽을 비롯해 남쪽은 먹거리를 파는 곳이 적거나 없기 때문에 고요하다. 특히 구제 물품을 파는 곳은 옷을 정리하는 상인들과 호기심 어린 눈으로 돌아보는 손님들의 발소리만 들릴 뿐이다. 이런 다른 풍경은 골목 같은 광장시장의 또 다른 모습이다.

고요한 골목을 닮은 묵직한 침묵을 느끼면서 발걸음을 옮기다가 멈춘 곳은 한복부로 올라가는 원형광장이다. 계단을 밟고 2층으로 올라가자 한복 주단을 취급하는 상점들이 가득했다.

(위) **광장시장에 있는 채광창,** (아래) **광장시장 원형광장 내 한복부**
숨통이라도 트여주듯 하늘을 볼 수 있는 채광창이 반가워 잠시 걸음을 멈췄다.

— 2층, 또 다른 세상

원형광장에 들어서면 광장시장에서 느껴지던 시끌벅적함은 느낄 수 없다. 1층과 취급 품목이 다르고 찾아오는 손님도 적어 아직 영업할 시간인데도 좁은 통로 곳곳에 문을 닫은 가게들이 보일 뿐이다. 그래서일까. 광장시장에서 골목길과 가장 닮은 곳이라고 한다면 단연코 2층이라고 말할 수 있다.

손님보다 상인이 더 많아 보이는 이 공간에서 낯선 이는 관심과 호기심의 대상이 된다. 가게를 지키던 상인은 손님을 대한다기보다 골목길을 지키는 사람처럼 어디서 왔는지를 묻는다. 그러면서 예전에는 이곳이 얼마나 장사가 잘되었는지 이야기를 해준다. 지금의 쓸쓸함이 안타깝지만 과거의 기억이 있어 버티고 있다는 이야기를 들으면서 광장시장이라는 골목길의 마지막 여정을 마무리했다.

우리가 골목길을 거닐고 그곳에서 행복을 느낄 수 있는 까닭은 현실의 팍팍함을 잠시나마 잊을 수 있기 때문이다. 광장시장 2층에서 텅 빈 가게를 지키는 상인의 그 마음처럼 말이다.

먹자골 일번지
수원죽집
먹자골 일번지

○ 김효찬 篇

고소한 기름 냄새로 가득한 가게들이 길게 이어지고 노란 백열등 아래로 전과 음식들이 푸짐하다.
재래시장은 보는 것만으로도 기분이 좋아지는 특유의 넉넉함이 있다. 사람도 그런 사람이 있다. 마음이 시장처럼 넉넉해서 만나면 기분이 좋아지는 사람. 나는 그런 사람을 농담 반 진담 반으로 대인배라고 부른다.
내 주변엔 대인배가 여럿 있지만 여기 광장시장과 인연 있는 사람이 한 명 있어 나는 절친 L에 관해 이야기해야겠다.

L을 알게 된 건 지난해 봄이었다.
모 재단 일로 만났는데 일정상 하루 약속을 잡아 청계천으로 답사를 나가게 되었다. 답사 코스는 생각보다 길었고 날씨는 더워서 일정을 마쳤을 때 우리는 당장 뭐라도 먹어야만 했다. 그렇게 시장기만 해결하러 들어간 곳이 광장시장의 어느 전집이었다. 자리를 잡았고 수고한 우리는 서로를 칭찬하기 위해 반주를 했다. 업무가 바쁜 스텝들은 짧게 있다가 다시 일하러 가고 결국 나와 L만 남아 자리가 길어졌다.

자리가 길어지게 된 건 그날 오후에 일정이 없던 이유도 있지만, 그보다는 L이 꺼낸 삶에 대한 이야기 때문이다.

살아온 이야기는 책으로 몇 권을 써도 모자란 것이어서 우리는 그 위대한 서사를 막걸리 한두 병으로 어찌할 수가 없었다.

빈 술병이 늘고 이야기는 일상과 예술로 흐르고 봄과 벚꽃과 달밤처럼 무용한 것을 이야기하다가 기억이 흐려졌다.

그 후로도 달밤 같은 것과 별반 다르지 않을 그다지 중요치 않은 이야기를 했을 것이다. 우리는 그렇게 있다가 저녁이 다 되어서야 몹시 아쉽게 자리에서 일어났다.

일곱 시간 동안 삶과 일상과 예술과 무용한 어떤 것에 대해 이야기한 결과는 실로 위대했다.

〈모둠전 2개. 해물파전 2개. 서울 장수 막걸리 17병〉

27

일행과 반주로 시킨 게 3병이니 나머지는 14병.
L과 나는 이 많은 술을 어떻게 다 마실 수 있었을까?
인생은 짧고 예술은 길다더니 그날은 정말 그랬다.
그날 이후 L과 나는 절친이 됐다. 영상 관련 사업을 하고 막걸리를 좋아하지만 영어도 잘하는 L의 매력은 아직도 자신의 꿈이 선명하다. 그건 마음속에 소년이 있어 늙지 않는다는 말이고 예술하는 내가 배울 것이 많다는 의미일 테다.
이런 사람을 만나서 세상 사소한 예쁨에 대해 이야기하고
본질을 알아가는 건 얼마나 즐거운 일인가.
꿈을 좇는 나이 든 아이를 만나면 기분이 좋아지는 이유다.
안타깝지만 나는 건강상의 문제로 이날이 마지막 과음이 되어 버렸다. 그래서 더 아쉽고 달콤한 그 날 광장시장을 그려 넣어야겠다.
오래전 밑그림 없이 그릴 수 있게 된 후로 그리던 그림을 다시 그리는 일은 거의 없었는데, 어제는 그리던 그림을 세 번이나

찢어댔다. 그리고 그날 광장시장에서의 행복한 취기를 모두 그려냈다.

삶은 망해가는 방향으로 흐르지만, 사소한 예쁨이 있고 그것에 감동할 줄 아는 이가 있으니 살 만하다.

그리고 좋은 기억을 소환할 수 있는 시장과 골목들이 아직 남아있어 다행이다. 나는 언젠가 코로나 사태가 진정되면 예쁨을 아는 지인들과 모여 세상 쓸모없는 예쁜 것들에 대해 이야기해야겠다.

그날은 마치 홍상수 감독의 흑백 영화에서처럼 봄이면 좋겠고 달이 큰 밤이면 좋겠다. 건강이 좋아진다면 이곳 광장시장에서 그날처럼 많은 막걸리를 마셔보고 싶다.

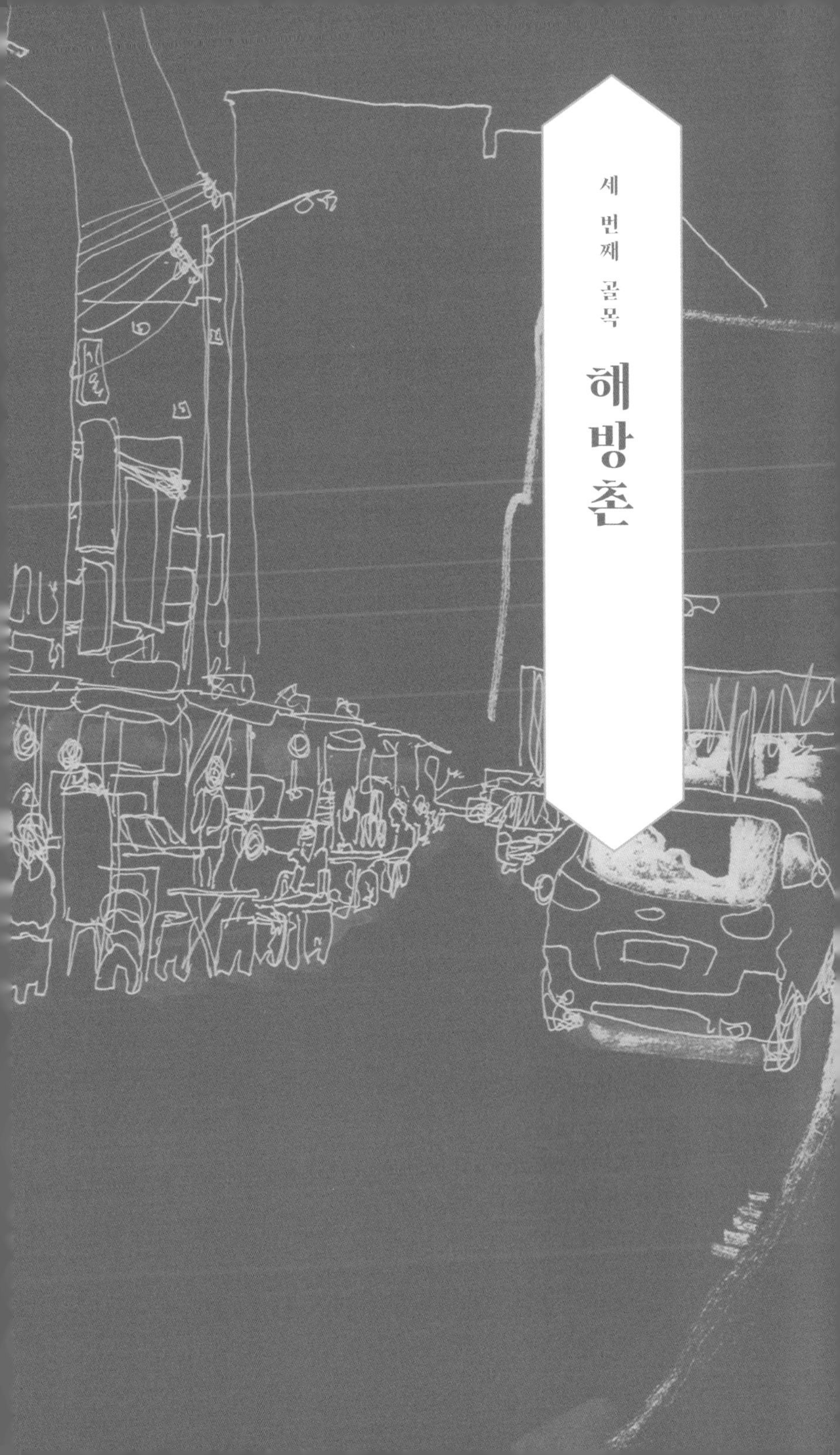

세 번째 골목 해방촌

해방촌의 아이

호섭이는 가파르다 못해 낭떠러지 같은 계단에 걸터앉았다. 화장실에 가려고 왔는데 누가 안에 있다는 표시로 깃발이 세워져 있었기 때문이다. 함석판으로 만든 문짝에는 페인트로 W.C라는 영어가 적혀있었는데 아랫집에 사는 혜옥이 삼촌인 영호 아저씨가 Water Closet, 그러니까 '물이 있는 작은 방'의 줄임말이라고 알려주었다. 똑똑하고 좋은 아저씨 같았지만 혜옥이는 삼촌을 싫어했다. 아버지처럼 일을 할 생각은 안 하고 일확천금을 꿈꾸면서 밥만 축내고 있기 때문이란다. 아빠 철호는 이빨이 아픈데 치료도 못하고 있다며 혜옥은 입을 삐죽 내밀었다.

"생긴 건 멀쩡한데."

호섭이는 몇 번 마주쳤던 영호 아저씨를 떠올리며 중얼거리다가 피식 웃고 말았다. 해방촌에서 멀쩡한 사람이 몇 명이나 될까 하는 생각이 든 것이다. 아랫집 동식이네는 온 가족이 모여 사제담배를 만들어서 서울역 같은 곳에서 판다. 그 옆집 민철이 아저씨네는 카바이트 같은 걸로 밀주를 담가 팔고, 어릴 때 열차에 치어서 팔이 잘렸다는 구명이 형은 아침마다 갈고리 손을 끼우고 무교동과 장충동을 다니면서 가짜 상이용사 흉내를 내는 걸로 생계를 유지한다. 얼마 전 해방촌에 있는 천주교 성당에서 극빈자를 위해 죽을 나누어주었는데, 그곳에 찾아와 행패를 부리던 가짜 상이용사 패거리 중에 구명이 형이 끼어있는 걸 먼발치에서 보기도 했다.

혜옥이네도 상황이 안 좋기는 마찬가지였다. 혜옥이 아빠인 철호 아저씨가 양복을 입고 사무실에 나간다고는 하지만 가족이 너무 많았다. 화장실 근처라서 그 집을 종종 지나치곤 하는데 가끔 "가자!"라고 외치는 소리가 들린다. 혜옥이 말에 의하면 정신이 오락가락하는 할머니가 지르는 소리라고 했다.

"어딜 가고 싶어 하는데?"

호섭이의 물음에 혜옥이는 고개를 저었다. 혜옥이 엄마는 한눈에 봐도 못 먹어서 푸석푸석한 얼굴이었고, 영호 아저씨는 일도 안 하고 빈둥거리고 있다. 얼마 전부터는 학교를 그만둔 혜옥이 동생 민호가 신문을 팔러 다닌다고 했다. 쉬쉬하지만 철호 아저씨의 여동생 명숙이 누나가 양공주로 일한다는 소문도 돌았다. 하지만 해방촌에서 혜옥이네 정도의 사연이 없는 집안은 거의 없었다.

몇 달 전 군인들이 쿠데타라는 걸 일으켜서 세상이 바뀌었다고 한다. 해방촌 초입에 있는 쌀가게의 라디오에서 혁명을 일으킨 박정희 의장이라는 사람의 목소리를 들은 적도 있다. 하지만 세상이 바뀐 건 아닌 것 같다. 특히 해방촌은 여전히 가난하기 그지없었다. 미싱기로 옷을 만들던 어머니는 제발 다 좋으니까 똥간의 똥이나 좀 퍼갔으면 좋겠다고 투덜거렸다. 이런저런 생각을 하던 호섭이가 꾸르륵거리는 아랫배를 부여잡고 화장실을 올려다봤다.

"배 아픈데."

다행히 깃발이 내려가고 문이 열렸다. 누가 이렇게 오랫동안 화장실에 들어가 있나 했더니 연탄 아궁이 고치는 일을 하는 박 씨 아저씨였다. 엄마가 박 서방이라고 부르는데 아들이랑 딸이 다 출세해서 어깨를 펴고 다닌다고 들었다. 엉거주춤 바지를 올리던 박 씨 아저씨가 계단에 앉아 기다리고 있던 호섭이를 보고는 어색하게 웃었다.

"오래 기다렸냐?"

"쪼금이요."

호섭의 말에 박씨 아저씨가 배를 쓰다듬으며 말했다.

"아이고, 미안하다. 우리 딸 명순이 약혼자 고모네 집에 가서 이것저것 음식을 먹었더니 배가 너무 아파서 말이야. 서양인들 마시는 홍차라는 걸 마셨는데 어찌나 쓰든지 한약 마시는 것 같았단다."

너털웃음을 지은 박씨 아저씨가 호섭의 머리를 쓰다듬었다.

"너도 공부 열심히 해서 출세해야 한다. 어머니는 잘 계시지?"

"네."

"지난번에 고쳐준 연탄 아궁이는 괜찮고?"

더 이상 참을 수 없었던 호섭이는 고개를 끄덕이고는 화장실을 향해 냅다 뛰었다. 뒤에서 박 씨 아저씨가 크게 웃는 소리가 들렸다.

◦ 정명섭 篇

— 신사에서 해방촌으로

해방촌의 탄생과 유지는 광복과 분단에서부터 비롯되었다. 이는 해방촌이라는 명칭과 거주민의 구성에서 그 단서를 찾을 수 있다.

원래 남산 기슭은 조선 시대 한양의 남쪽이었다. 하지만 가난한 선비들이나 사는 곳이었다. 햇빛이 잘 들지 않고 진고개라고 불릴 정도로 길이 질퍽해서 나막신을 신지 않고는 다닐 수 없었기 때문이다.

그러나 구한말과 대한제국 시기 일본인들이 자리를 잡으면서 상황이 바뀌었다. 일본인들이 자리 잡은 진고개가 새로운 문물이 가장 먼저 들어오는 곳으로 변모한 것이다. 조선이 일본의 식민지가 된 후에는 경성의 중심지로 자리매김하면서 백화점과 우체국을 비롯한 각종 상점은 물론 통감부와 총독부까지 들어섰다. 그렇게 시간이 흐르자 남산 일대는 일본인들이 만든 조

도착
후암동
108계단
남일상회
GS25
CU
용산중학교
용산2가동
주민센터
가을단풍길
(소월로)
소월로
신흥로32길
해방촌노아
한솥도시락
달꽃창작소
론드리프로젝트
새마을수퍼
CU
포토박
게스트하우스
남산3호터널
교차로
해방촌
성당
보성여자
고등학교
보성여자
중학교
곰모아
ASS TEETH
드도트
연백슈퍼
라구
잠수교집
진성슈퍼
신흥로 3가길
보니스피자펍
남산대림
아파트
한신아파트
용산동아파트
신흥로
더베이커스테이블
IBK기업은행
비언유주얼
파리바게뜨
GS25
신한은행
용산2가동
CU
아이아트서울
Little N
Tower
우체국
천우모터스
렉서스
이태원
초등학교
출발
녹사평역
이태원로

선신궁을 비롯한 종교 시설들이 들어섰다. 해방촌이 세워진 곳 역시 경성호국신사가 세워졌다. 만주사변과 중일전쟁에서 일본군 전사자가 늘어나게 되면서 이들에 대한 추모 분위기를 조성할 필요가 생겼기 때문이다.

1930년대 후반에는 아예 내선일체(內鮮一體)라는 명목을 내세워 조선인도 일본의 전쟁에 동원할 계획을 세운다. 그러려면 조선인을 정신적으로 지배하고 옭아맬 필요가 있었다. 이를 위해 일본은 조선인에게 조선신궁에 참배를 하고 일왕에 숭배하기를 강요했다. 특히 전사한 장병을 추모하는 호국신사의 필요성이 제기되었는데 당시 조선에는 경성과 나남에 일본군이 주둔 중이었던 만큼 두 곳에 호국신사를 세우기로 하고 조선인에게 반강제로 헌금을 강요하거나 노동력을 착취했다.

그렇게 해서 1943년 말, 경성호국신사가 지어진다. 조선인들을 전쟁에 강제로 동원하기로 한 것이 1944년 초였다는 점을 생각하면 절묘한 타이밍이 아닐 수 없다. 하지만 1945년 8월 15일 광복이 되면서 경성호국신사는 짧은 삶을 마감한다.

광복이 되자 경성호국신사에는 북한에서 넘어온 피난민들이 자리를 잡는다. 운이 좋은 사람들은 일본인이 떠난 후 남은 빈집을 차지했지만 그렇지 못한 사람들은 하나둘 경성호국신사로 몰려와 천막과 판잣집을 짓고 살았다. 특히 평안북도 선천 지역 사람들이 해방촌 교회를 중심으로 모여들었나. 이들은 아무 연고지가 없는 대한민국에서 믿고 의지하며 살아갔다.

1948년 9월 30일 자 동아일보에는 해방촌의 이런 사정이 잘 나와 있다. 국유 보호림으로 지정된 호국신사 자리인 용산동 2가 일대에 해방 이후 이북에서 월남한 주민들이 무허가로 집을 짓고 살아서 서울시, 경찰 당국과 알력이 빚어지고 있다는 내용이다. 농림부는 엄격한 심사를 거쳐 국유림 42정보 중 일부를 주택대지로 용도 변경시켜줄 계획이라고 덧붙였다. 그렇다면 북한에서는 왜 피난을 왔던 것일까?

— 아무도 해방되지 못한 해방촌

1945년 8월 15일, 일본의 항복으로 기나긴 태평양 전쟁이 막을 내린다. 하지만 그렇게 찾아온 광복은 수많은 혼란을 가져왔다. 미국과 소련에 의해 38선이 나뉘고 양측의 군대가 주둔하면서 분단이 시작되었다. 여기에 일본과 중국으로 나갔던 동포들이 급거 귀국하고, 특히 소련군이 주둔하면서 탄압을 받게 된 북한 주민들이 남하하면서 혼란은 극에 달한다.

남한에 연고지가 없던 북한 출신 주민들은 하나둘 남산 기슭의 해방촌으로 모여들었다. 처음에는 용산에 있던 일본군 병영에서 살다가 해방이 되면서 그곳에 주둔한 미군에 의해 산기슭으로 쫓겨난 것이다.

이곳은 북한의 지배에서 벗어나 해방을 찾아온 사람들이 모여 사는 곳이라 자연스럽게 해방촌이라는 이름이 붙었다. 가파른 경사지라 서울 사람들은 거들떠보지 않는 곳이었고 일본이 지어놓은 신사들이 있는 곳이라 기존에 사람이 살던 집들이 없었다.

1957년 경향신문에 연재되던 정비석의 소설《슬픈 목가》를 보면 주인공 강병철이 염창훈 영감을 만나기 위해 방문한 해방촌의 풍경이 나온다. "이름이 좋아서 해방촌이지 실상을 알고 보면 빈민굴이나 다름없다."는 소설 속의 문구는 해방촌의 본질을 가장 잘 꿰뚫는 말이기도 하다. 언덕뿐만 아니라 산비탈과 산비탈이 마주 보고 있는 산골짜기에도 하꼬방과 천막들이 그악스럽게 연달아 있었다고 한다. 강병철이 찾는 염창훈 영감 부부는 그중에서도 햇빛이 잘 들지 않는 깊은 산골짜기의 천막에 살고 있다고 나온다.

유현목 감독의 영화 〈오발탄〉에서도 당시 해방촌의 모습이 잘 그려져 있다. 고향으로 가자고 부르짖는 정신없는 어머니와 한탕으로 돈 벌 궁리만 하는 철부지 남동생과 양공주로 나서야만 했던 여동생. 학업을 그만두고 신문을 팔아야 하는 아들, 그리고 없는 살림을 지탱하느라 영양실조에 걸린 부인을 둔 남자 주인공 철호는 이빨이 아파도 치과에 가지 못한다. 결국 철호는 스스로 이빨을 뽑고 피를 철철 흘린 채 택시를 탄다. 그는 어디로 가느냐는 기사의 물음에 제대로 답하기도 어렵다. 그러자 기사는 어디서 오발탄 같은 손님이 탔다고 투덜거린다. 어쩌면 해방촌 자체가 오발탄일지도 모른다는 감독의 의도가 엿보이는 장면이다.

반면, 김승호 주연의 〈박 서방〉이라는 영화에서는 해방촌을 고향처럼 그리고 있다. 연탄 아궁이를 수리하는 박 서방은 잘나가는 아들과 딸 덕분에 번듯한 양옥에 초대받아 음식과 차를 대접받는다. 하지만 난생처음 마셔보는 홍차나 바닥이 아니라 소파에 앉아야 한다는 사실 모두 불편하기 그지없다. 그런 박 서방에게 해방촌은 낯선 것들에게서 받은 상처가 치유되는 공간이다.

비슷한 시기에 만들어진 영화지만 〈오발탄〉과 〈박 서방〉에서의 해방촌 모습은 서로 다르다. 그러나 두 영화 모두 해방촌이 지닌 복잡한 역사와 성격을 잘 드러내고 있다. 확실한 건 벗어나고 싶어 했던 철호나 그곳에서 편안함을 누렸던 박 서방 모두 해방촌에서 진정한 해방을 맞이하진 못했다는 점이다. 어떻게든 돈을 벌어 벗어나고 싶었지만 둘 다 실패하거나 자기 발로 돌아왔기 때문이다.

이렇게 오랜 기간 해방촌은 가난과 비루함의 상징이었다. 이곳에 사는 사람들은 먹고살기 위해 험하고 궂은일들을 해야만 했다. 백범 김구 선생이 돌아가셨다는 기사를 보면 그분의 위대함을 보여주는 예로 해방촌에서 온 사람들이 조문하러 왔다는 것이 언급되었다. 해방촌에서조차 조문을 왔을 정도로 위대한 인물이라는 점을 뒤집으면 해방촌이 당시 어떤 취급을 받았는지 짐작할 수 있다.

5.16 군사 쿠데타 이전 해방촌 사람들은 사제담배를 무허가로 제조·판매하는 일로 먹고 살았다. 그래서 한때 해방촌의 별명이 '제2전매청'이었던 적도 있다. 가짜 상이용사 흉내를 내면서 식당과 성당에서 무전취식과 협박을 하던 이들도 상당수가 해방촌에서 살았다. 군 제대 후 가족들과 먹고살기 위해 안간힘을 쓰다가 지친 가장이 허리띠로 목을 매 숨진 곳도 해방촌이었고, 3.1 만세 운동에 참여한 독립운동가가 약 한 첩 못 써보고 세상을 떠난 곳도 해방촌이었다.

1970년대 접어들면서 주택 개량사업이 본격화되고 어느 정도 재산을 모은 월남민들이 좀 더 살기 좋은 곳으로 이사를 하면서 해방촌은 차츰 월남민이 사는 곳이라는 이미지가 희미해졌다. 하지만 이곳에 새로 이사 온 사람들 역시 그다지 좋은 형편은 아니어서 가난한 동네라는 굴레에서는 쉽사리 벗어나지 못했다.

— 해방촌 걷기

오늘날의 해방촌은 경리단길처럼 새로운 문화와 예술의 중심지로 자리 잡았다. 영어 간판을 단 가게, 북적이는 외국인, 신기한 것을 찾는 방문객의 발걸음이 이어지고 있다. 그에 발맞추어 해방촌을 걷는 여러 코스가 개발되었고 자원봉사자로 구성된 마을 해설사들의 안내도 받을 수 있다. 우리는 그중 녹사평 산책이라는 코스를 걸어보았다. 해방촌을 가로질러 가는 코스이면서 전망이 좋아 남산과 서울 시내가 잘 내려다보인다는 조언을 들었기 때문이다.

출발지는 6호선 녹사평역. 둥근 투명 돔을 통해 자연광이 쏟아지는 녹사평역 지하 1층에는 일제강점기와 광복 이후 미군 부대가 주둔한 내용을 간략히 소개한 안내판과 조형물들이 있다. 이곳에서 2번 출구를 통해 지상으로 나오면 해방촌으로 가는 길이 나온다. 야트막한 내리막길을 따라 걷다 보면 영어로 경고 문구가 붙은 미군 부대의 시멘트 블록 담벼락과 만난다. 광복 전 일본군이 주둔하고 있던 병영을 미군이 접수해서 오늘날까지 그대로 사용하고 있는 곳이다. 미군이 평택으로 이동하고 난 후에는 일본군이 지은 막사와 창고가 어떻게 될지 궁금하다.

도로 건너편에는 핫 플레이스가 되어버린 이태원이 보인다. 남산이 보이는 녹사평대로 옆 샛길인 신흥로에 들어서면 '제한구역'이라는 경고판이 붙은 미군 부대 21번 게이트가 나온다. 그리고 맞은편 벽에 '1945 용산 해방촌'이라는 표지가 이곳이 해방촌의 시작점이라는 걸 알린다. 맞은편 그라피티가 그려진 미군 부대 벽은 옹기가 차곡차곡 쌓여있다. 이곳이 바로 한신 옹기 가게가 있는 곳이다. 1967년부터 자리 잡은 한신 옹기는 부부의 성을 한 글자씩 따서 이름을 지었다고 한다. 용산에 근무하던 미군이 고국으로 돌아갈 때 기념품으로 사가면서 한때 장

미군 부대 담장과 한신 옹기
용산에 근무하던 미군이 고국에 돌아갈 때
기념품으로 사가면서 한때 옹기는 큰 인기를 끌었다.

사가 잘되었고, 지금도 명맥을 유지하고 있다.

야트막한 오르막으로 된 신흥로를 지나다가 오른쪽 한신아파트 방향으로 나 있는 샛길로 빠져야 한다. 아파트 옹벽에 '흔적 여행길'이라는 글씨를 시작으로 해방촌의 역사를 담은 사진들이 붙어 있어서 시간여행을 하는 듯한 느낌을 받을 수 있다. 좁은 아파트 단지 길을 지나면 오른쪽에 해방촌 주민들의 발 역할을 하는 용산 02번 마을버스들이 옹기종기 모여있다. 헤드라이트 위쪽에 귀여운 눈을 그려놔서 한층 더 친근해 보인다.

좁은 골목을 좀 더 지나쳐 아까 봤던 신흥로를 가로질러 오르막길로 향하면 다시 미군 부대의 담장과 마주친다. 포털사이트의 거리뷰를 보면 뿌옇게 모자이크 처리가 되어있고 내비게이션으로 봐도 아무런 표시가 없는 곳이다.

햇살이 폭포처럼 쏟아지는 오르막길을 걷다 보니 붉은 벽돌로 지은 2~3층짜리 빌라와 한 사람이 겨우 다닐 만한 좁은 골목길들이 나온다. 1980년대에서 시간이 멈춘 듯한 공간과 마주하는 기분이다. 골목길 중간중간에는 주민들이 키우는 꽃나무 화분들이 보인다. 요즘과 예전 골목길의 차이점을 꼽으라면 그중 하나는 밖에 내놓은 화분이 있느냐 없느냐이다. 왕래가 일상적이었던 예전의 골목길에서는 누군가 내어놓은 꽃나무에 옆집 사람이 물을 주고 앞집 사람이 가꾸는 일이 빈번했다. 하지만 각자 살아가기 바쁜 요즘, 골목에 화분을 내놓고 키우는 모습은 거의 사라졌다.

1945 용산 해방촌 표지
녹사평대로 옆 샛길인 신흥로에 있는 표지판. 해방촌의 시작점을 알린다.

미군 부대 시멘트 담장 기둥
세월이 흐르면서 시멘트 속 자갈들이 드러났다.
녹슨 철조망에서 지나간 세월이 느껴진다.

계속해서 미군 부대 담장을 따라 걷다 보니 시멘트 담장 기둥에서도 해방촌 골목과 비슷한 오래된 흔적을 느낄 수 있었다. 부족한 시멘트를 메우고 강도를 높이기 위해 안에 넣었던 자갈들이 세월이 흐르면서 겉으로 드러난 것이다. 그 위를 가로지르는 녹슨 철조망도 지나간 세월을 느끼게 했다.

낯선 방문객의 발걸음에 놀라 날아가는 참새의 날갯짓을 보면서 해방촌을 계속해서 걸었다. 오르막길은 하얀색 기둥이 촘촘히 세워진 해방촌 교회 전도관과 진성슈퍼를 지나면서 잠잠해진다. 진성슈퍼 뒤에는 해방촌 도시재생 지원센터 건물이 있다. 해방촌은 2020년까지 도시재생 사업이 진행된 곳으로 열악한 주거환경을 바꾸면서 역사적 흔적을 그대로 남겨놓는 데 주력했다. 얼마만큼 성공했는지는 모르겠지만 최소한 쫓겨난 사람과 밀려난 가게들이 없다는 점은 다행이다. 하지만 이곳도 젠트리피케이션이 만만치 않다는 점은 심히 우려스럽다.

다시 나타난 오르막길은 보성여중과 보성여고를 만나면서 끝이 난다. 1907년 미국 북장로교 선교사들과 조선인 기독교도들이 손을 잡고 평안북도 선천에 설립한 보성여고는 1950년 초 서울로 옮겨서 다시 문을 열었다. 초대 이사장과 교장이 영락교회의 한경직, 김양선 목사라는 점을 참작하면 교회와 학교가 해방촌의 정신적인 지주 역할을 했음을 알 수 있다. 직선의 오르막길을 제외한 골목길은 모두 구불구불하다. 다시 크고 작은 골목길로 뻗어나갔고 그 골목길은 어느 순간 다시금 만나곤 했다.

여기서 조금 더 걸어서 해방촌 성당에 도착하면 숨찬 오르막과는 이별이다. 여기서부터 해방촌 5거리까지가 해방촌의 중심지로 서울과 남산이 한눈에 내려다보인다. 이 근처에서 1959년 세워진 해병대 초대 교회와 만날 수 있다. 1949년 진해에서 창설된 해병대는 전쟁이 발발함에 따라 부산과 진해 등으로 이동하다가 1955년 남산에 자리를 잡는다. 그러다가 1959년 주둔지 근처에 교회를 세웠는데 해병대가 폐지된 이후 버려졌다가 재건되었다. 하지만 건물 자체는 버려진 곳을 수리하면서 이곳저곳 보강재를 덧붙인 터라 문화재로서의 가치는 많이 사라졌다. 설립연도가 새겨진 머릿돌이나 해병대 초대 교회라는 상징성이 있지만 나는 그런 것에는 관심이 가질 않았다. 다만 교회 주변에서 내 눈길을 끌었던 것은 벽돌 기둥과 시멘트 벽 사이를 뚫고 올라가는 칡넝쿨이었다. 강적들 틈에서 어떻게든 비집고 일어나 잎사귀를 피우는 끈질긴 생명력이 흡사 해방촌 사람들 같았기 때문이다.

보성여고 정문
해방촌에서 교회와 학교는
정신적 지주 역할을 담당했다.

평지인 소월로20길에 접어들면 해방촌은 숨 고르기에 들어

해병대 초대 교회

해병대가 폐지된 후 버려졌다가
2017년 재건되었다.

교회의 칡넝쿨

벽돌과 시멘트 틈을 뚫고 올라가는
칡넝쿨은 해방촌 사람들을 닮았다.

선다. 이전의 오르막길이 숨 가쁜 삶의 현장을 보여줬다면 지금부터는 한결 여유로운 모습을 보여주기 때문이다. 골목길 중간에서 마주친 정체불명의 길고 굵은 굴뚝도 그 흔적의 일부였다. 1960년대 초까지 제2 전매청으로 불릴 정도로 사제담배를 만들어서 팔던 해방촌 사람들은 단속의 철퇴를 맞은 후 다른 생존 수단을 찾게 된다. 바로 스웨터와 니트 제조업이었다. 전형적인 후진국형 산업이라 사람 손이 많이 가야 했지만 남아도는 건 사람뿐이었던 해방촌에는 더없이 적합한 산업이었다. '요꼬 사업'이라 불렸던 스웨터와 니트 제조업을 하려면 기계를 돌려야 했기 때문에 환기용 굴뚝이 필요했다. 그래서 일반 가정집에 담 넘어가는 구렁이처럼 생긴 굴뚝이 생긴 것이다. 최근에는 거의 자취를 감췄지만 아직도 몇 군데는 여전히 스웨터를 만들고 있다.

걷다 보면 해방촌의 골목은 몹시 입체적이라는 걸 느낄 수 있다. 경사지에 자리해 있지만 거기서 다시 계단과 경사로가 나타난다. 우습게도 나는 그 모습을 보면서 롤러코스터에 비유되는 인간의 삶을 떠올렸다. 해방촌 사람들은 거친 삶을 이미 계단과 경사로에서 느꼈을 것이다. 그나마 좁은 골목길 너머로 서울의 풍경을 내려다볼 수 있었으니 이를 위안으로 삼아야 할까?

소월로20길이 시작되는 3거리 해방촌 성당 담장에는 '예술과 일상이 하나 되는 해방촌'이라는 팻말이 걸려있다. 해방촌의 영어 약자인 HBC도 보인다. 이곳부터는 상점 대신 편의점이

스웨터 공장 굴뚝

요꼬 사업의 상징이다. 먼지가 많이 나는
스웨터와 니트를 만들려면 환기용 굴뚝이 필요했다.

보이고, 애완동물을 위한 가게와 동네 서점들이 보인다. 그대로 해방촌 5거리까지 걷게 되면 지금과는 사뭇 분위기가 다르다. 오래되고 조용한 동네라는 이미지 대신 마을버스와 오토바이가 쉴 새 없이 다니고, 경찰서와 주민센터는 물론 눈길을 끄는 음식점과 술집들이 모여있는 번화가로 변모한다. 남산을 바로 등지고 있는 이곳은 신흥시장과 바로 연결된 곳이기도 하다.

한국 전쟁이 끝나고 다시 이곳으로 돌아온 피난민들은 1968년 골목 안쪽에 '해방촌 시장'을 꾸렸다. 사람이든 물건이든 한참 올라와야 하는 해방촌 사람들에겐 더없이 소중한 곳이었다. 시간이 흐르고 시장은 변신을 거듭한다. 음식점과 공방, 찻집들이 들어서면서 관광객의 시선을 끌고 있다. 한때 연예인이 직접 운영하면서 인기를 끌었던 책방도 이 근처에 있다.

신흥시장의 좁고 휘어진 골목을 걷노라면 빛을 가리는 높다란 벽에 불안감이 아닌 호기심을 느끼게 된다. 층마다 다른 건축재료를 사용해서 만들고 창문의 형태와 재료 역시 제각각이기 때문이다. 이곳이 얼마나 천천히, 그리고 신중하게 세월의 무게를 쌓아왔는지 보여주는 증거다.

거미줄처럼 엉켜있는 골목길 곳곳에는 특이한 카페들과 찻집들이 가득하다. 만약 신흥시장 부근에 있는 카페에 들른다면 반드시 지붕, 좀 유식하게 말해서 루프탑으로 가기를 권한다. 남산 기슭의 높은 곳에 자리 잡고 있는 곳의 지붕이라 전망이 정말 좋다. 예전 군주나 국왕들이 기를 쓰고 높은 곳에 성을 쌓고

신흥시장에 있는 건물
각층마다 다른 건축 재료를 사용한 것에서 세월의 흔적을 찾을 수 있다.

그 위에 또 탑을 쌓아서 내려다보는 이유를 조금이나마 이해할 수 있다고나 할까? 눈에 보이는 경치가 모두 나의 것이었으니 지금도 이곳에서 마신 커피 맛은 잊을 수가 없다.

신흥시장을 보고 마지막 목적지인 후암동 108계단으로 내려가다 보면 다 쓰러져가는 일본식 2층 가옥들이 나온다. 경성호국신사가 세워질 때 함께 지어진 건물로 보이는데, 우리가 흔히 '적산가옥(敵産家屋)'이라고 부르는 것이다. 적산가옥은 '적의 집'이라는 뜻으로 엄밀히 따지면 일본식 주택뿐만 아니라 일본식 관청이나 서양식 건물 역시 포함된다. 따라서 '일본식 가옥'이라고 부르는 게 정확할 것이다. 낯설고 신기해 사진을 찍다가 문득 착잡해졌다. 우리가 얼마나 힘이 없었으면 남산의 기슭까지 밀고 들어와 자신들이 살 집을 지었을까. 이런 아쉬움은 일본식 가옥에서 조금 더 내려가면 나오는 108계단에 도착했을 때 더더욱 강해진다.

일본은 조선신궁을 비롯한 신사를 지을 때 일부러 높고 긴 계단을 만들었다. 다리가 후들거리고 숨이 턱까지 차오른 상태

일본식 가옥
경성호국신사가 세워질 때 함께 지어진 건물로 보인다.

에서 신사의 건물들을 보게 하여 저도 모르게 경외감이 들도록 한 것이다. 108계단 역시 경성호국신사로 참배 오는 조선인들을 심리적으로 굴복시키기 위한 것이다. 그래서 계단을 볼 때마다 불편하다. 지저분하고 햇빛도 안 드는 길이라도 골목은 편안함을 주는 반면, 신사로 올라가는 계단은 또 다른 굴복과 복종만을 요구하는 길이라서 그런 듯하다.

108계단 위쪽에는 경성호국신사 연혁에 대한 설명과 함께

경사형 승강기
108계단 중간중간 내릴 수 있게
설치되어 오르내리기에 편해졌다.

서울 풍경 신흥시장에 있는 카페 루프탑에서 바라본 서울의 모습이다.
해방촌을 걷게 하는 또 하나의 이유일지도 모르겠다.

경사형 승강기가 설치되어있다. 예전에 왔을 때는 계단 사이로 화단이 있었는데 지금은 그 자리에 노약자들을 위한 엘리베이터가 들어선 것이다. 지하철처럼 승차해서 계단 중간중간에 내릴 수 있게 되어있다.

경사형 승강기를 타고 108계단을 내려오면 대략 해방촌 답사가 끝난다. 물론 이후에도 코스가 이어지긴 하지만 해방촌 골목은 여기까지 보는 걸로 충분하다.

김효찬 篇

골목은 어디든 냄새와 모양이 비슷해서 이번 답사에 중 만난 골목들은 나를 과거의 이곳저곳으로 아무렇거나 던져놓았다. 해방촌 저녁 또한 낯익은 풍경으로, 나는 이미 노란 빛 긴 그림자를 따라 어린 시절 어느 저녁을 걷고 있었다.
새들이 집을 찾아 시끄럽게 날고 저녁 먹으라는 엄마들의 목소리에 그 많던 친구들은 하나둘씩 골목 어디론가 사라졌다.
"더 놀자!"
"…"
골목엔 혼자 남고 멀게 보이는 큰 건물이 황금처럼 빛나면 금세 캄캄해졌다. 해는 기울어 하늘은 파랗고 길은 어둑어둑하다. 그 시간 나무는 더는 나무가 아니고 골목은 내가 알던 그곳이 아니어서 나는 한달음에 집까지 뛰어갔었다.
어릴 적부터 빛의 변화에 예민해서 해지는 골목을 유독 두려워했는데, 지금은 그 특유의 몽환적이고 비릿한 느낌을 찾아다니니 어른이 되는 것도 나쁜 것만은 아니다.

우연인지 이날 찍은 사진 한 점이 알 수 없는 이유로 공간이 깨진 채 찍혔고, 나는 그 깨진 사진 위로 파랗고 비릿한 그 기억을 그릴 수 있었다.

해방촌은 알록달록한 동화책처럼 골목골목에 색과 인상이 각기 달랐다. 처음 만난 파란 골목을 지나 꼭대기에 이르자 초록색 나무가 하늘을 덮을 만큼 높았다.
나무 뒤로는 요즘 보기 힘든 5층 아파트가 있어서 나는 어릴 적에 시영아파트에서 같이 놀던 친구들이 생각났다.
인영이, 준철이, 상웅이, 강현이형...
새끼 곰처럼 같이 부대끼던 친구들은 어디서 잘 살고들 있는지, 우리의 기억은 많이도 지워져 길을 걷다 마주쳐도 서로를 알아볼 수조차 없겠지만, 나는 내 친구들이 지난한 2020년을 잘 살아내고 있기를 바랐다.
나는 그동안 만날 수 없는 친구들을 마치 5층 아파트에 두고

오는 것처럼 내려오는 길에 자꾸만 뒤를 돌아보았다.

언덕의 다른 편으로 내려오는 길목엔 건물 모양이 특이한 상가 밀집 지역이 있었다. 낡은 건물을 허물지 않고 리모델링했는데 무너진 벽돌과 튀어나온 철근은 그대로가 예쁜 모양이었다. 또 어떤 건물에 신기하게 뚫린 통로는 보라색 그림자와 노란색 거리가 대비를 이루어 큰 액자가 되었다.
나는 액자 안의 두 친구 그림이 맘에 들어 한참을 감상했다.
어떤 이야기를 나누고 있을까? 이대로가 작품인데 굳이 내가 다시 그린들 무슨 의미가 있을까?
나는 어떤 욕심으로 굳이 두 친구의 이야기를 따라 그려봤지만 역시 큰 의미는 없었다.
언덕에서 마지막으로 내려가는 계단은 지는 해처럼 아쉽고 계단 아래 집들은 금빛으로 아름다웠다.
나는 아쉽고 아름다운 해방촌의 마지막 계단을 사진으로 담았다. 사진을 찍을 때 굳이 계단에서 다투던 커플도 신경 써서 그려보니 풍경의 일부처럼 예쁘다.

나는 이미지만 기억나는 그 커플을 각각 악어와 비둘기로 그려 넣으며 그림의 의미에 대해 다시 생각했다.

해방촌은 어쩐지 그런 생각을 하게 하는 동네여서 봄이 오고 코로나가 잠잠해진다면 가장 담백한 화구만을 챙겨서 찾아야겠다. 굳이 내가 그리는 게 어떤 의미인지 모르지만 해방촌이 귀띔해줄 수도 있으니.

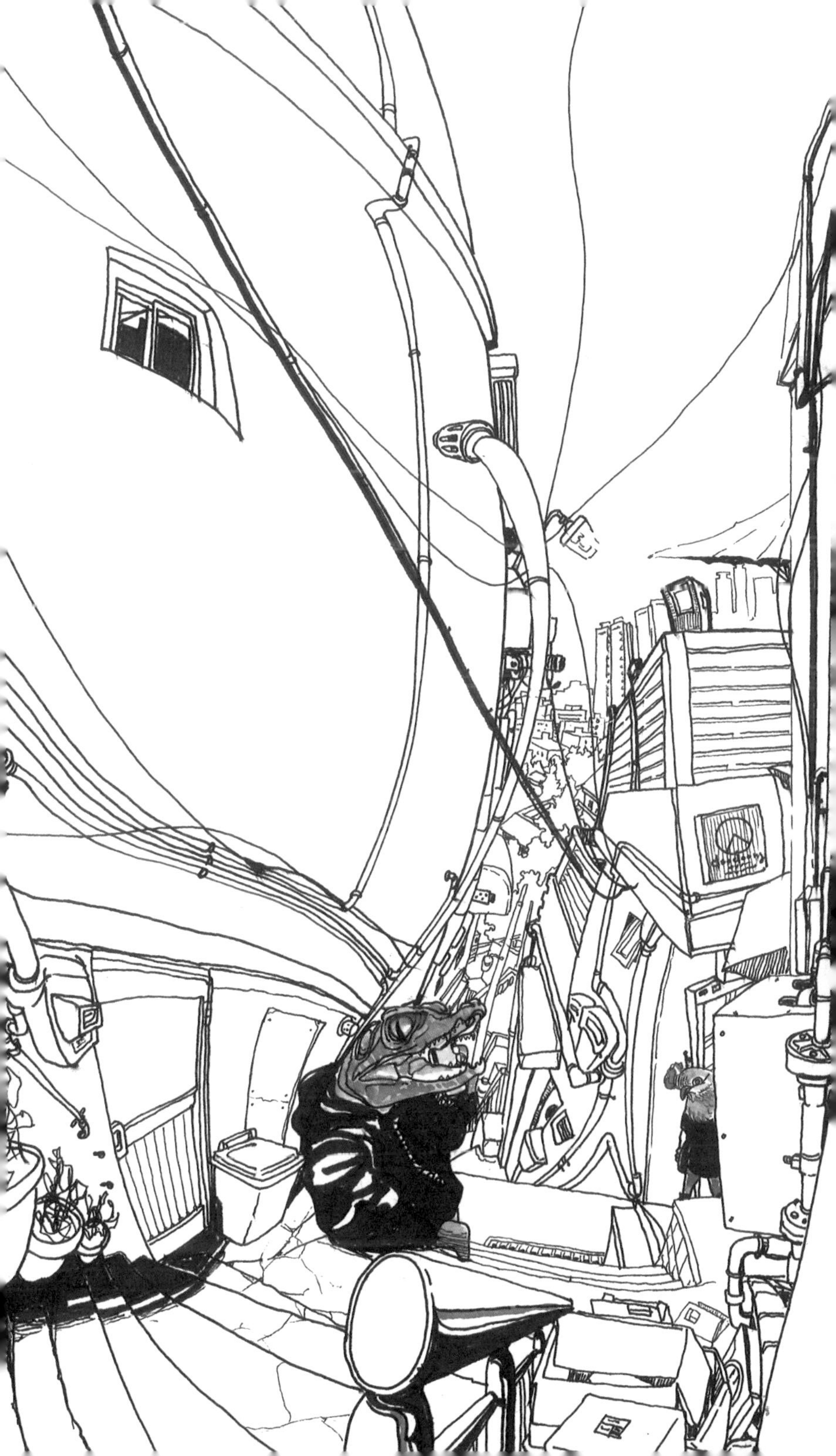

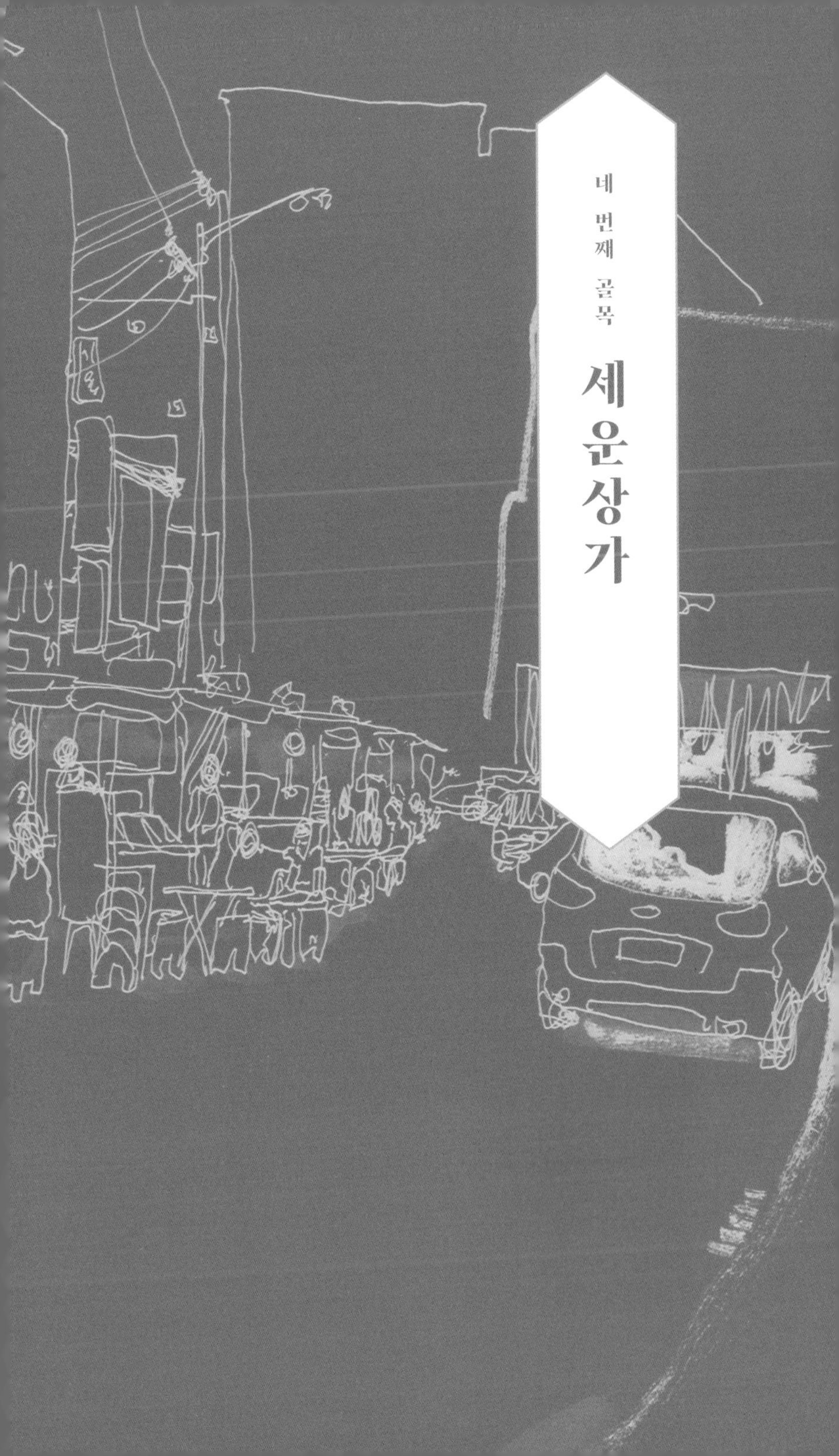
네 번째 골목
세운상가

꽃 대신 나비

"성탄절도 석 달이나 남았는데 무슨 불을 저리 환하게 밝혀?"

종삼에서 구두를 닦는 일을 하던 상이용사 황 씨는 한전 직원들이 설치한 전구가 환하게 불을 밝히자 투덜거렸다. 백마고지 전투에서 한쪽 팔을 잃었다고 하는 황 씨는 구수한 입담으로 종삼을 누비면서 구두를 닦았다.

종묘가 보이는 맞은편 공터에는 광복 직후부터 피난민들이 모여들었다. 특히 전쟁이 끝나면서는 매춘을 업으로 하는 유곽이 차츰 형성되어 종삼, 내지는 서종삼이라고 불리는 서울의 대표적인 유곽으로 자리 잡게 된다.

"쯧쯧, 공터에 피난민들이 자리를 잡았던 게 엊그제 같았는데 말이여."

혀를 차던 황 씨가 먹을 것을 찾아 길거리를 배회하는 똥개를 쫓아버리고 구두통을 내려놨다. 예전이라면 술에 취해 종삼을 찾은 샐러리맨들의 구두를 닦아주고 쏠쏠하게 돈을 벌었겠지만 지금은 개미

새끼 한 마리도 찾기 어려웠다. 한숨을 쉰 황 씨는 텅 비어버린 종삼의 골목길을 바라봤다. 동서로는 탑골공원에서 종로 5가까지 뻗었고 남북으로는 종묘에서부터 복개된 청계천까지 뻗어나갔다.

일제강점기가 끝나갈 무렵, 공습의 피해를 줄인다는 명목으로 공터를 만들어버린 터라 피난민들은 이곳에 쉽게 자리를 잡을 수 있었다. 전쟁이 끝나고 시골에서 무작정 올라오는 아가씨들이 늘어나면서 종삼의 규모도 불어났다. 서울역에 나간 모집책들이 순진한 시골 아가씨들을 꾀어서 아주 예쁘면 양공주로 넘겼고 반반한 정도면 종삼으로 데려왔다. 개미굴처럼 다닥다닥 지어진 집에서 그렇게 끌려온 아가씨들이 손님을 맞이했다. 7년 전인 1961년 윤락행위 방지법이 만들어져 단속이 강화되었지만 종삼은 끄떡하지 않았다. 얼마 전까지는 말이다.

재작년에 서울시장으로 부임한 군인 출신 김현옥 시장이 이곳을 못마땅해한다는 소문이 돌긴 했지만 포주들을 비롯한 종삼 사람들은 코웃음을 쳤다. 구두통을 깔고 앉은 황 씨는 해방촌 사람들이 만든 사제담배를 꺼내 불을 붙였다. 그 사이 한전에서 나온 공무원들이 종삼의 사창가 입구에 전구를 달았고, 그 아래에는 경찰차와 헌병들이 탄 지프가 나란히 서 있었다. 매춘부들을 고용한 포주 몇 명이 그 광경을 지켜보고 있었지만 감히 항의할 엄두를 내지 못했다. 그중 한 명인 장 씨가 길거리에 침을 뱉고 돌아섰다가 황 씨를 보고는 뚜벅뚜벅 다가왔다. 같은 참전용사 출신이라고 살갑게 대해주는 장 씨를 본 황 씨는 얼른 담배를 하나 꺼냈다. 손사래를 친 장 씨는 나무로 된 전봇대에 기대어 한숨을 쉬었다.

"환장하것네. 진짜."

"저러면 손님들이 아예 못 들어오는 거 아녀?"

황 씨의 물음에 장씨가 고개를 돌려 전구가 환하게 켜진 입구를 바라봤다.

"대낮처럼 불을 밝히고, 가까이 오면 경찰이랑 헌병이 와서 어디서 왔냐 그러고, 직업이 뭐냐고 물으니 어떤 간 큰 놈이 여길 오것어. 꽃들을 찾아오는 나비를 쫓아버린다고 해서 나비 작전이라고 부른댜. 아니, 우리가 무슨 적군이여?"

"아예 종삼을 말려 죽이려고 작정을 했구만. 대체 무슨 원한이 있다고 저러는 겨?"

"소문에는 말이야."

한숨을 쉰 장 씨가 쓴웃음을 지었다.

"세운상가 공사 현장을 살펴보고 돌아가는 김현옥 시장한테 종삼 아가씨가 가서 놀다 가라고 했나 벼."

"그거 때문에 화가 난 겨?"

"바로 종로구청으로 쳐들어가서 공무원들 싹 다 불러놓고 종삼을 조져놓으라 했댜. 그래서 한전이고 경찰이고 저 난리를 치는 거고."

"참나, 우리도 사람인디."

쓴 담배 연기를 내뱉은 구두닦이 황 씨가 어둠 너머로 솟구친 회색 건물을 바라보았다. 한밤중이라서 어스름한 형태만 보여야 했지만 한전 직원들이 켜놓은 전구 때문에 훤히 바라볼 수 있었다. 그 건물은 다닥다닥 붙은 판잣집이나 한옥, 기껏해야 2층 높이인 종삼의 건물들을 비웃듯 내려다보고 있었다. 그 뒤로 지어지는 건물은 아직 콘크리트로 만든 뼈대밖에 없었지만 곧 완성될 것처럼 보였다. 높이도 높이지만 쭉 뻗어 있어서 끝이 보이지 않았다.

"크기가 엄청나군. 우릴 쫓아내고 저게 세워지는 모양이네."

구두닦이 황 씨의 말에 장 씨가 그 건물을 바라봤다.

"그런가 보네."

"저 건물 이름이 뭐라 그랬지?"

"라디오에서 듣긴 했는데. 아! 세운상가라고 했다."

"세운?"

"세상의 운이 모인다는 뜻이라고 했던가?"

장 씨의 대답을 들은 황 씨가 세운상가라고 불리는 콘크리트 건물을 올려다보면서 중얼거렸다.

"저기에도 우리 운은 없겠군."

도착
다시세운 광장
세운상가
가을단풍길 (청계천로)
청계천로
세운청계 상가
출발
을지로
을지로4가역
예지동시계골목
방산시장
종로4가 사거리
청계4가 사거리
배오개다리
광장시장
종묘광장공원
삼풍상가
덕수중학교
체육관

° 정명섭 篇

— 나비 작전

세운상가는 다양한 모습으로 사람들의 기억 속에 있다. 1968년 세운상가가 생기면서 없어진 종삼 유곽 관계자들에게는 삶의 터전을 빼앗아간 괴물일 것이다. 반면 세운상가 아파트에 입주한 사람들에게는 긴 복도와 채광창이 있는 근사한 주거지가 되었다. 1980년대와 1990년대 학창 시절을 거친 사람에게는 불법 복제한 음란물 테이프와 짝퉁 전자제품을 살 수 있는 곳으로 기억될 것이다. 세운상가는 1968년 세상에 태어나 짧은 전성기를 누리고 천덕꾸러기 신세로 전락해 철거 대상으로 지정될 때까지 불과 40년 정도밖에 걸리지 않았다. 그래서인지 세운상가를 압축과 고속 성장을 이룬 대한민국의 자화상이라고 부르기도 한다.

세운시장의 시작은 원대하고 거창했다. 종로 3가부터 퇴계로 3가까지 약 1킬로미터 거리의 주상복합 건축물을 짓는 것이었다. 여덟 채의 주상복합 건물들이 들어설 예정이었고 이걸 모두 합해서 세운상가라고 불렀다. '세상의 모든 운이 모이라'는 뜻으로 지어진 이름이다. 그리고 처음에는 그럴 것만 같았다.

세운상가가 들어설 자리는 원래 한양의 중심가인 종묘를 마주 보고 있는 곳이라 조선 시대는 물론 식민지의 한 도시로 전락한 경성 시절에도 번화가였다. 그러나 건물이 빼곡하게 들어섰던 이곳은 태평양 전쟁 말기 미군의 엄청난 공습을 경험한 일본에 의해 공터로 만들어진다. 원자폭탄보다 더 많은 희생자를 낸 도쿄 대공습 때 네이팜탄에 의해 도시 전체가 불구덩이가 된 것을 겪은 일본이 피해를 조금이라도 줄이려고 한 고육지책이었다. 소개공지(疏開空地)라고 부르는 이 공간은 도시 일정 부분을 공터로 만들어 화재가 번지는 걸 막는 방식으로 종묘와 필동 일대를 비롯하여 경성 시내 곳곳에 들어선다.

사실 들어섰다는 말은 어폐가 있다. 소개공지는 원래 민가를 비롯해 뭔가 있던 것들을 다 허물어버리고 빈 곳으로 만들어버린 것이기 때문이다. 특히 종묘 앞에서 필동까지의 소개공지는 폭 50미터에 길이가 1,180미터에 달했다. 아무도 살지 않던 이 땅은 광복 이후 삽시간에 새로운 주인을 맞이한다. 월남한 피난민은 물론 귀국한 사람들이 그 자리를 차지한 것이다.

이들은 남들이 뭐라고 하기 전에 서둘러 땅을 파고 천막을 치고 판자를 둘렀다. 시내 한복판이다 보니 자연스럽게 장사하는 사람도 늘어났는데 가장 번성한 것이 바로 매춘업이다. 원래 조그맣게 자리 잡고 있던 유곽을 중심으로 삽시간에 퍼져나간 이 유곽은 종삼이라 불렸고, 소개공지가 있던 곳은 물론 낙원동과 종묘 앞까지 이어졌다.

종삼은 그곳에 사는 사람들에게는 삶의 터전이었겠지만 어떤 사람들에게는 반드시 없애버려야 할 골칫거리였다. 결국 1968년 9월 세운상가 건축 상황을 둘러보고 돌아가던 서울시장 김현옥에게 종삼의 아가씨가 놀다 가라고 영업을 하는 해프닝이 벌어진다. 기분이 상한 김현옥 시장은 새로이 들어설 세운상가 옆에 종삼 같은 유곽을 둘 수 없다고 판단하고는 즉시 종삼을 없앨 나비 작전을 펼친다. 이 작전은 꽃에 해당하는 매춘부들을 단속했다가 실패한 과거의 경험을 반면교사 삼아 꽃을 찾아오는 나비, 즉 손님들을 쫓아내는 것에 중점을 두고 일사천리 진행되었다. 한전 직원들이 종삼 입구에 전구를 설치해서 불을 환하게 밝힌 것이 시작이었고, 입구마다 경찰과 헌병들이 손님을 상대로 불심검문을 감행했다.

효과는 금세 나타났다. 수십 년의 전통을 자랑하던 종삼은 손님의 발길이 뚝 끊겨 불과 열흘도 안 되어 역사 속으로 사라졌다. 그렇다고 포주나 매춘부들이 다른 직업을 찾거나 고향으로 돌아간 것은 아니다. 당시에는 서울이 아니었던 청량리나 미아리로 옮겨간 것에 불과했다. 그렇게 종삼은 기억 속에서 사라지고 그 자리를 세운상가가 대신 차지하게 된다.

— 공터에 세워진 아케이드

1966년 서울시장에 부임한 김현옥은 당시 대통령이었던 박정희의 신임을 받고 있던 인물이었다. 불도저 시장이라는 별명을 가진 그는 서울을 뜯어고치는 일에 앞장섰다. 서울을 서울답게 만들고 싶었던 그에게 종묘 맞은편의 소개공지는 무척이나 매력적인 땅이었다. 그래서 당대 최고 건축가로 손꼽히는 김수근에게 이곳을 어떻게 활용하는 게 좋을지를 물었다. 김수근은 프랑스에서 시작된 아케이드라는 개념을 이용하자고 제안했다.

아케이드의 사전적인 의미는 '지붕이 아치로 된 통로'를 뜻한다. 시장 상인들이 거리를 점유하는 것을 막고자 아예 일부 거리를 상인들에게 내준 것이 시작이다. 도시의 특성상 공간이 부족했기 때문에 상인들이 쓰는 1층 위에도 건물을 지어 층수를 높이고 그것을 지탱하기 위한 기둥을 중간중간 세운다. 그리고 그 기둥 위로 비나 눈을 피할 수 있는 지붕을 씌우는 방식이다. 이는 폭 50미터에 길이가 1,180미터에 달하는 이 공터에 가장 잘 맞는 건축방식일 터였다. 특히 여러 채의 건물을 짓고 공중에 통로를 만들어 서로 연결하자는 김수근의 제안은 서울을 거대한 현대식 도시로 만들고자 했던 김현옥과 박정희의 욕망을 부채질했다. 김현옥은 불도저라는 별명답게 소개공지에 있던 무허가 건축물들을 철거하고 아케이드를 짓도록 했다. 다만, 건축 자금을 마련하고 주택의 수요를 충족시키기 위해 주상복

합으로 짓기로 했다.

하지만 세운상가가 계획되고 있던 1966년의 서울은 인구 340만 명에 자동차가 불과 2만 대 밖에 없는 가난한 도시였다. 전체 국민의 평균 소득이 100달러를 겨우 넘기던 시절이었으니 종묘 앞부터 충무로까지 1킬로미터가 넘는 거리에 8층에서 13층 높이의 건축물을 여러 채 짓는다는 것은 엄청난 무리수였다. 정치권에서는 쉽게 결정했을지라도 공사비를 내야 하는 민간 쪽에서는 고개를 저을 만한 일이었다. 그런데도 김현욱 시장은 포기하지 않고 건설사에 반강제로 공사를 맡겼다.

차츰 공사가 진행되었다. 1967년 11월, 현대상가를 시작으로 세운가동 상가와 청계상가, 대림상가, 삼풍상가, 풍전상가, 신성상가, 진양상가까지 연달아 세워지면서 세운상가는 1971년 마무리된다. 세운상가 준공식 때 김현욱 서울시장과 박정희 대통령이 직접 참석했다는 점은 당시 정치권의 관심이 얼마나 지대했는지를 보여준다. 어쨌든 단층의 한옥이나 판잣집, 기껏해야 2~3층 높이의 건물이 대부분이었던 당시에 10층을 넘나드는 높이에 엄청난 크기를 자랑하는 세운상가는 눈길을 끌 만했다.

1968년 1월 1일자 매일경제신문 기사를 보면 세운상가에 대한 기대감이 얼마나 컸는지를 짐작할 수 있다. 세운상가의 출현으로 신세계와 미도파 백화점을 비롯하여 동대문 광장시장이 큰 타격을 입을 것이라고 예측했다. 그러면서 작년부터 남대문과 명동 일대 상가들이 한산해지고 있다고 덧붙였다.

하지만 이런 예측은 시작부터 삐걱거렸다. 번듯한 건축물이 들어선다고 좋아하던 정치인들과는 달리 건설업자들은 이윤을 남겨야 했기 때문에 공사비를 최대한 아끼는 쪽으로 진행했다. 김수근이 내세웠던 설계, 즉 여덟 개의 건물을 하나로 연결하려던 공중다리는 어느새 사라져버렸고 사업주 각자가 알아서 짓는 방향으로 흘러갔다. 하지만 위치가 워낙 좋았기 때문에 상가는 쉽게 분양되었다. 특히 전자제품이나 부품 관련 업체들이 들어서면서 세운상가는 세상의 모든 운까지는 아니더라도 상당 부분의 운을 끌어모으는 데는 성공했다. 4층까지 지어진 상가는 물론 5층부터 지어진 아파트 역시 인기를 끌어 부유층과 고위 공무원들이 이곳에 입주하여 살기 시작했다.

— 화무십일홍

하지만 세운상가의 전성기는 너무 짧았다. 1980년대 후반 용산 전자상가가 급부상하면서 전자제품의 주도권을 넘겨줘야 했고, 강남에 아파트들이 들어서자 거주자들이 그곳으로 물밀듯이 빠져나간 것이다. 세운상가가 들어서면서 타격을 받으리라 예상했던 백화점들은 오히려 더 성황을 이루었다. 세운상가 주변인 을지로 일대 역시 슬럼화가 진행되었고, 결국 세운상가는 지어진 지 40년이 지나기도 전에 재건축과 재개발 대상지가 되고 만다.

2000년대 접어들면서 다양한 방식으로 세운상가를 없애고 뭔가를 짓자는 논의가 이어졌다. 중구에서는 1킬로미터에 가까운 고층 빌딩을 짓자고 했고, 서울시는 세운상가를 없애 공원으로 만들고 그 주변에 빌딩들을 세우는 계획을 추진하기도 했다. 그 일환으로 2009년 세운상가 중 가장 먼저 들어서고 종묘와 가장 가까이에 있던 현대상가가 철거되고 '세운 초록띠 공원'이 들어선다. 하지만 재건축을 둘러싼 정부 부처의 갈등이 해결되지 않으면서 나머지 세운상가들은 극적으로 살아남는다. 인간의 욕망에 의해 지어졌다가 사라질 위기에 처한 세운상가는 역설적으로 인간의 욕망에 의해 유지되었다.

서울시장이 바뀌고 세운상가 철거 계획은 무산되었다. 그리고 재정비를 통해 존속시키기로 했다. 그렇게 세운상가는 짧은 전성기를 보내고 극적인 위기를 넘긴 후 지치고 상처 입은 몸으로 우리 곁에 남았다.

— 공중에 난 골목길

세운상가를 돌아보는 방법은 여러 가지다. 가장 대표적인 것은 초록띠 공원에서부터 돌아보는 것이지만 사실 그곳은 제일 마지막에 보고 싶었다. 그래서 을지로4가역 1번 출구로 나와

대림상가 쪽으로 걸어가기로 했다. 삼풍상가부터는 리모델링이 되면서 세운상가 특유의 공중 복도를 걸을 수 없기 때문이다.

을지트윈타워가 우뚝 솟아있는 길 건너편과는 달리 대림상가로 향하는 길에는 조명 용품을 파는 상점과 철물점, 은행과 회계사 사무실이 입주해있는 오래된 4층 건물이 있다. 조금 더 걷다 보니 세운상가에 속한 대림상가가 나온다. 가운데에 건물로 들어가는 계단과 입구가 보였지만 이번 골목길 탐방은 공중 복도를 돌아보는 것이 목적이었으므로 양쪽에 있는 계단을 통해 올라가기로 했다.

대림상가는 양쪽 측면이 3층의 보행 통로를 위해 날개처럼 펼쳐진 형태였다. 그리고 최근 리모델링을 하면서 이동 통로가 매달려 있는 것처럼 설치되었다. 계단을 올라 내려다보자 벽에 다닥다닥 붙은 에어컨 실외기가 가장 먼저 눈에 띈다. 다양한 회사의 마크들이 새겨져 있다. 통로를 따라 걷다가 3층으로 올라가는 계단이 보여 곧장 올라갔다. 먼저 눈에 띈 것은 바다처럼 펼쳐진 지붕이다. 소규모 철공소와 기계 가공회사들이 밀집해 있는 탓인지 공장 건물에서 흔히 볼 수 있는 파란색 슬레이트 지붕이 대부분이었다. 하지만 중간중간 일본식 가옥 특유의 직선미를 자랑하는 지붕부터 느슨하게 휘어진 한옥 지붕들이 섞여 단조롭진 않았다. 거기에 몇몇 건물들은 눈에 띄는 색으로 칠을 해서 시선이 자연스럽게 머물렀다.

시선을 조금만 뒤로 돌리면 우람한 을지트윈타워가 눈에 들

대림상가 이동 통로
세운상가에 속한 대림상가로 가는 길.
조명용품, 철물점 등 오래된 상가가
줄지어 있다.

대림상가 3층에서 바라본 지붕
다닥다닥 붙은 집들의 지붕이 바다처럼 펼쳐져 있다.

어온다. 다시 시선을 안쪽으로 돌리면 붉은 벽돌과 오래된 시멘트 건축물 위에 세련된 간판을 한 카페와 음식점이 쭉 늘어서 있어 이국적인 풍경을 자아낸다. 1960년대 만들어진 세운상가에 2020년대의 세련된 상점들이 들어선 셈인데, 이런 이색적인 모습 또한 세운상가가 살아남았기 때문에 가능한 것이었다.

통행을 위해 만든 통로에 오가는 사람들이 머무를 곳이 생기자 그것도 아주 세련되게 생기자 젊은이들이 찾아왔다. 새로운 것을 찾고 소비하고 싶어 하는 현대의 젊은이들에게 60년 전에 지어진 세운상가는 굉장히 신기한 장소였나 보다. 도심을 가로지르는 장벽 같은 흉물이라 손가락질을 받았지만 그들에게는 가볼 만한 장소로 소문이 나서 찾아오는 이들이 많았다. 공중에 난 이 골목길에는 커피와 음식을 즐기는 사람들로 가득했다.

우리는 그곳을 지나 세운상가 쪽으로 걸어갔다. 대림상가와 세운상가 사이에는 공중으로 연결된 통로가 있다. 그 아래로는 세운상가가 지어질 무렵 복개되면서 사라졌던 청계천이 다시 흐르고 있다(청계천 복개 공사는 물길을 덮는 공사임과 동시에 청계천 양쪽에 자리잡고 있던 판자촌을 없애는 공사이기도 했다. 1958년 시작되어 20년 후인 1977년 완료되었다.).

원래 이 공중통로 중간에 오가는 사람들이 쉴 수 있는 중간 마당과 청계천에서 바로 올라올 수 있는 엘리베이터가 설치될 계획이었다. 하지만 세운상가의 건물들 자체가 애초의 건축도면과는 다르게 시공된 탓에 모두 무산되고 말았다. 다만 중간에

대림상가 카페 골목
오래된 상가 건물에 카페거리가 조성되면서
젊은이들의 발걸음이 이어지고 있다.

대림상가와 세운상가를 연결한 공중통로
청계천을 내려다볼 수 있도록 벤치가 놓여 있다.

서 청계천을 내려다볼 수 있도록 벤치와 계단을 만들어놓았다.

벤치에 잠깐 앉아 물과 사람이 오가는 청계천을 감상한 후 세운상가로 향했다. 세운상가의 공중통로에는 대림상가처럼 카페나 음식점이 보이지 않았다. 대신 생소한 부품들을 파는 상점들이 들어서 있었다. 이곳에서는 통로 공사가 한창이었는데 공사하는 분께 양해를 구하고 잠시 올라가 봤다. 에어컨이 껌딱지처럼 붙어있는 위쪽의 아파트 층과 멀리 종묘가 보였다. 이곳에서 내려다본 을지로는 오래된 건물들로 가득했다. 위에서 내려다본 거리는 무언가 감출 게 있었는지 천막으로 가려져 있었는데 구멍 난 곳은 우산으로 메꿔버리는 용의주도함을 선보였다.

세운상가 통로를 따라 쭉 걷다 보면 현대상가를 철거하고 만

공중통로에서 내려다본 청계천

공중통로에서 내려다본 을지로

든 세운 초록띠 공원과 그 너머의 종묘가 보인다. 예전 사진을 보면 세운 초록띠 공원은 물론 도로 넘어 종묘 앞까지 작고 허름한 건물들로 가득했다. 종삼이 딱 그 가운데 지역이었다.

이제 세운상가 안으로 들어가 봐야 할 시간이다. 사실 골목길이라는 의미는 세운상가의 공중통로보다는 상가 안쪽이 더 잘 어울린다. 물건들이 군데군데 쌓인 좁은 통로와 알루미늄 새시로 만든 유리문, 그리고 어둠을 간신히 쫓을 정도의 희미한 조명이 골목길을 연상시키기 때문이다.

이곳은 한때 유령상가처럼 빈 곳이 많았지만 최근에는 빈 상점을 찾기가 어렵다. 종로 한복판에 나만의 공간을 가질 수 있어 공방과 작업실들이 속속 들어서고 있기 때문이다. 그중 하나

청연당 내
임정진 작가는 세운상가에 소규모 독서회나 간담회를 할 수 있는 혼자만의 집필 공간을 마련했다.

가 바로 임정진 작가의 '청연당'이다. 동화를 쓰는 임정진 작가는 종종 몇몇 동료나 독자들을 이곳으로 초대해 소규모 독서회나 간담회를 열고 있다. 혼자서 집필하는 공간이 필요했는데 어쩌다 들른 세운상가가 딱 맞는 공간이었고, 결국 이곳에 청연당을 연 것이라 한다. 세운상가라는 골목에서 우리는 청연당과 임정진 작가와 만났다. 골목길 끝에는 항상 사람이 있다.

이곳 터줏대감 격인 임정진 작가의 안내를 받으며 세운상가 내부를 돌아봤다. 미로처럼 이어진 세운상가 내부는 구불구불하고 느슨한 골목길과는 다른 느낌이다. 세상의 골목이 자연과 물과 인간이 함께 만들어낸 길이라면 자로 잰 것 같은 세운상가의 골목은 인간의 욕망이 만들어낸 피조물이었다.

하지만 나는 두 골목길의 공통점도 빨리 알아챘다. 바로 화분이다. 골목길이 모두의 공간이라는 믿음은 사람들이 내놓은 꽃 화분에서 찾아볼 수 있다. 남들이 가져가지 않을 거라는 믿음, 나를 대신해서 그 골목에 사는 누군가가 물을 주고 가꿔줄 것이라는 확신이 없다면 화분은 내놓을 수 없다. 그런데 이곳 세운상가 골목길에서도 우리는 꽃을 만날 수 있었다.

— 도둑과 감시자들

세운상가는 상가들이 있는 저층과 아파트가 자리한 고층으로 구분되어있다. 5~9층에 있는 아파트는 4층까지의 상가와는 전혀 다른 분위기인데, 길게 이어진 복도와 테라스처럼 나누어진 공간, 그리고 햇살을 그대로 받아들이는 지붕의 채광창 덕분이다. 가운데 복도는 길이는 물론 폭이 굉장히 넓어서 흡사 광장 같다. 위 아래층에 누가 사는지도 모르게 만들어버리는 요즘의 아파트와는 달리, 가운데 공간이 뻥 뚫려 있어서 옆집은

세운상가 아파트 공간 가운데 뻥 뚫린 공간을 두고 복도가 둘러싸여 있다. 위로는 채광창이, 아래로는 라운지가 있어 이웃과 소통하기에 그만이다.

물론 위 아래층에 사는 이웃과도 쉽게 마주칠 수 있다. 위아래로 오갈 수 있는 계단 초입에는 작은 상점이 있어 이웃과 담소를 나누기에도 좋다.

세운상가가 처음 지어졌을 때 이 아파트는 고급 아파트로 여겨졌지만 강남을 비롯하여 서울 곳곳에 아파트가 세워지면서 인기가 뚝 떨어졌다. 그래서 지금은 거주 공간보다는 사무실 용도로 많이 쓰인다. 독특한 분위기 탓인지 범죄 영화인 〈도둑들〉과 〈감시자들〉에도 등장한 바 있다.

— 또 하나의 비경, 세운상가 옥상

사실 세운상가에서 가장 가볼 만한 곳을 꼽으라면 단연 옥상인 9층이다. 세운상가를 리모델링하면서 손을 본 곳 중 하나인데 눈에 띄지 않는 곳에 있다 보니 종종 지나쳐버리곤 한다. 하지만 세운상가를 방문한다면 반드시 9층으로 올라가서 서울을 내려다보길 권한다. 골목길은 걸을 수 있어 좋지만 때로는 무심히 바라볼 수 있어 더 좋은 곳이다.

세운상가 9층 옥상에서 바라본 풍경

골목길은 걸을 수 있어 좋지만 때로는 바라볼 수 있어서 더 근사하다.

◦ 김효찬 篇

세운상가. 아마 1980~90년대에 서울에서 학교에 다녀본 남학생이라면 그 이름만으로도 묘한 추억 한두 개 정도는 있을 것이다. 인터넷에 정보가 넘쳐나는 지금은 원하는 정보를 휴대전화로 쉽게 다운로드받을 수 있지만, 불과 20년 전만 해도 이런 일들은 상상조차 할 수 없는 것이었다.

영상 하나 얻으려면 발품을 팔아야만 했던 시절, '빨간 비디오'라 불리던 불법 영상물은 구하기가 여간 힘든 게 아니어서, 당시 사춘기 남학생들에게 빨간 비디오의 가치는 중세의 청금석과도 같은 것이었다.

빨간 비디오는 VHS 테이프에 불법 복제되어 3만 원 선에서 판매됐다고 한다. 당시 나이키 운동화 한 켤레가 2만 원 남짓이었으니 상당한 고가에 거래된 것이다.

테이프를 비디오에 넣고 플레이 버튼을 누르면 보통 〈한샘 국어〉 영상이 나오다가 갑자기 화면이 바뀐다고 했는데, 비싸게 구해온 비디오의 70% 정도는 끝까지 〈한샘 국어〉 강의가 나와 아이들은 본의 아니게 두 시간 가까이 한샘 선생님의 고전문학 수업을 듣기도 했다.
세운상가는 빨간 비디오를 구할 수 있는 곳이었고 테이프를 구해오는 건 소위 날라리라 불리던 아이들이었다.
이 친구들이 테이프를 구해오는 날이면 학교 쉬는 시간은 테이프를 먼저 빌리려는 아이들로 난리였다.
테이프를 빌릴 수 있는 친구들은 극히 일부였지만, 호기심이 왕성하던 아이들은 그저 분위기 자체를 즐길 뿐이다. 시장통이 되어버린 교실 앞을 때마침 선생님이라도 지나가시는 날엔 무서운 대참사가 벌어지기도 했지만 그땐 그것조차 즐거운 일이었다.

2020년에 찾은 세운상가는 오래된 건물과 새롭게 리모델링한 부분이 자연스러웠다. 오래된 상점과 새로 입주한 작업실들이 조화로워 어릴 적 상상했던 음침한 이미지와는 차이가 컸다.

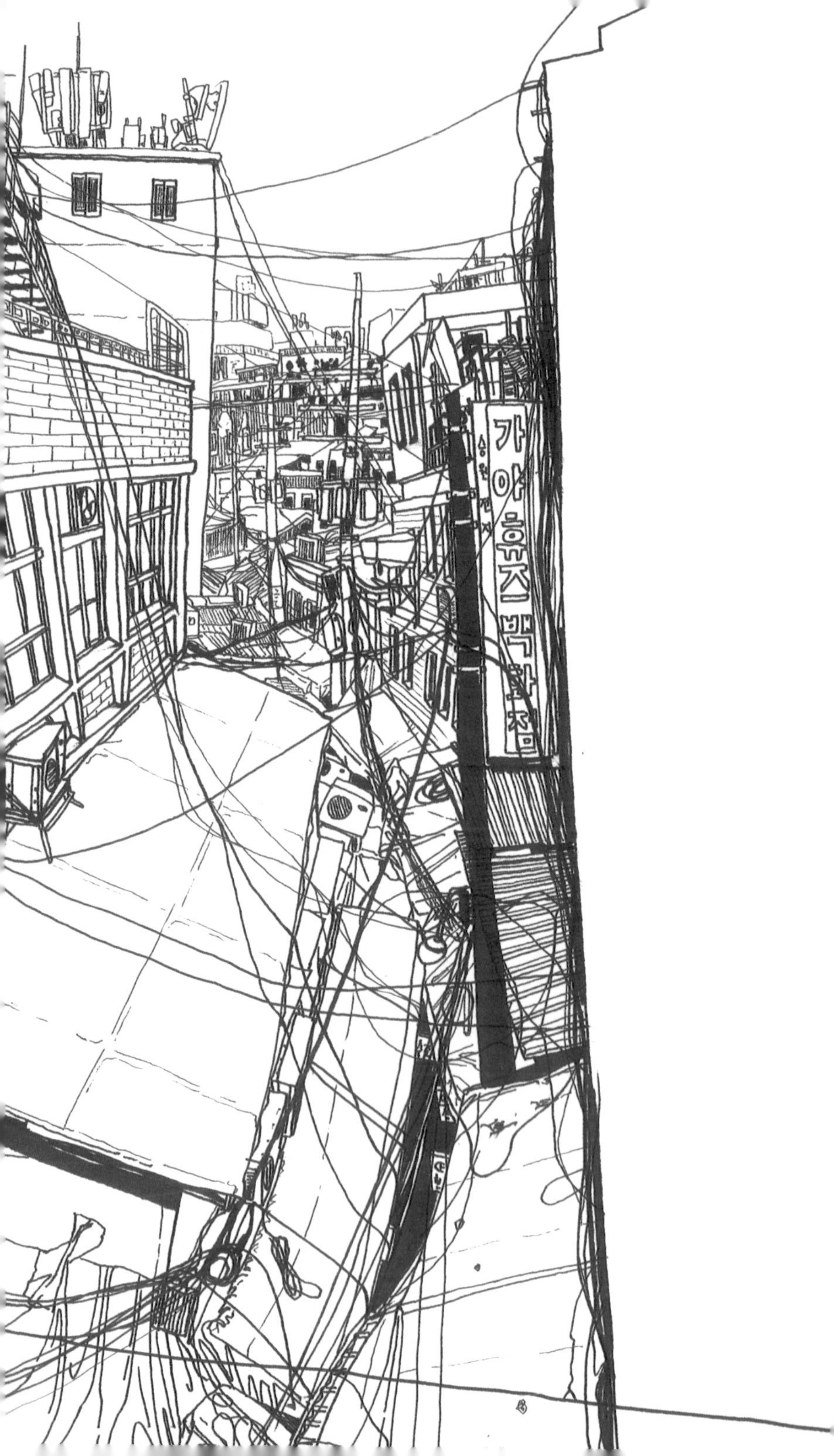
가야휴지백화점
승원전자

2층 테라스는 신도시의 상업지역처럼 깔끔하게 뻗어있고, 그 아래로는 오래된 가건물과 낡은 지붕들이 줄지어 있어 흥미로운 모양이었다. 안타까운 건 아래로 보이는 상가 밀집 지역이 재개발될 예정이라는 것이다. 좁은 길과 노후한 시설이 화재에 취약해서라니 어쩔 수 없지만, 이 오래된 골목을 쉽게 밀어버린다면 어떤 큰 가치들을 잃게 될 것만 같았다.

오래된 건물에 둥글어진 선과 면, 시간이 쌓인 지붕 위 먼지, 이렇게 무용하지만 종종 보고 싶어지는 것들은 몇 년 새 서울에서 너무 많이 사라졌다.

낡아서 아름다운 지붕들을 아쉬워하며 걸었다.
어쩌면 다시 못 볼 풍경들을 한참 바라보는데, 그 떨어지지 않던 시선에 느닷없이 믿을 수 없는 간판 하나가 타임 슬립이 열리듯 쑥 들어왔다.

〈디지털 017 신세기 통신〉

디지털 017이라니, 잘 정돈된 세운상가 골목에서 만난 이 옛날 간판은 21세기에서 만난 '모던보이'처럼 생경했다.
어떻게 지금까지 걸려있는 수가 있지? 집중력이 약한 나는 방금까지의 아쉬움은 까맣게 잊은 채 017에 대한 어떤 생각들에 빠져들고 있었다.
017 같은 통신사 고유번호를 사용하던 시절, 세상은 세기말과 신세기를 관통하는 중이었고, 나도 청춘의 마지막을 관통하는 중이었다. 세기말에 대한 불안감으로 종말론과 Y2K 등이 성행하던 시절 아무것도 이룬 게 없던 나는 무엇을 해야 할지 몰라 불안해했다.
군대를 전역하고 고작 스물일곱이던 나는 무얼 할 수 있었을까? 오십이 다 되어 생각하지만 나는 아직도 알 수 없다.
그러니까 그때 나는, 016을 쓰고 있었고 머리를 뾰족하게

017
디지털
신세기통신
점(전일전자통신)
6377

세워 펑크락 클럽을 드나들었으며 연애 중이었고 또 실연을 겪었었다. 실연 후 스물여덟에서야 처음으로 새로운 나날이 불안해진 나는 취업을 하고 뾰족하게 날 선 머리를 회사원처럼 단정하게 잘랐다. 생각해보니 나의 새빨간 청춘은 뾰족한
머리를 자르던 그 날 끝이 나버렸구나. 다시 그때로 돌아간다해도 나는 여름이 지는 걸 막지 못할 것이다.
〈디지털 017 신세기 통신〉 간판이 걸린 계단 끝 골목은 어쩐지
2000년 세상이 흐를 것 같아, 나는 스물여덟의 새빨간 나를
계단 끝 골목으로 보내줄 수 있었다.
아날로그 같은 디지털 017이 있다면 골목 끝으로 사라진 새빨간 내게 전화 연결이 되지 않을까? 아쉬운 마음에 헛된 상상도 해보지만 이젠 정말 보내주기로 했다.
안녕. 새빨간 뾰족 머리.

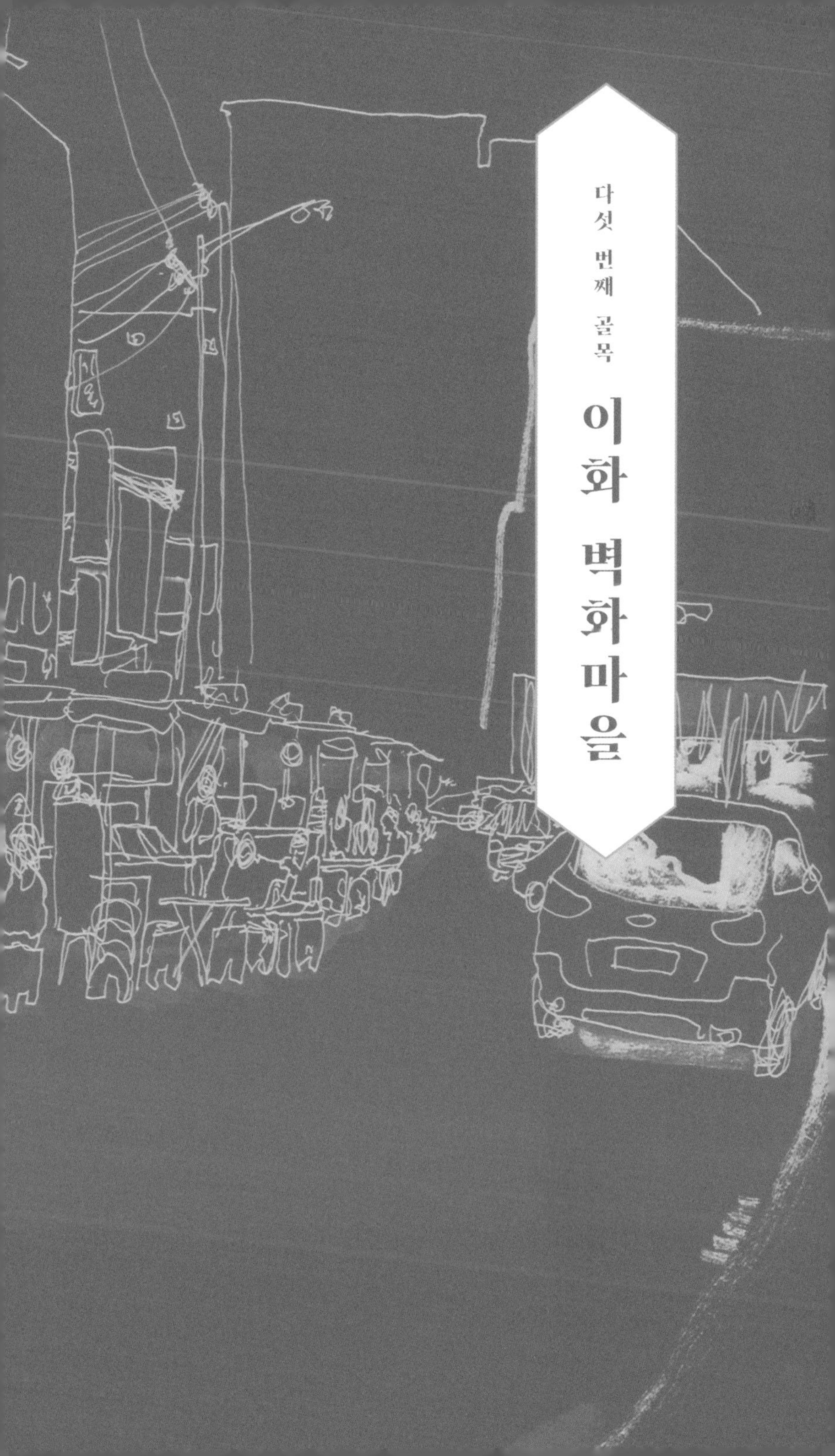
다섯 번째 골목
이화 벽화마을

시민아파트

좁고 가파른 계단을 올라가자 산꼭대기에 아파트 골조가 보였다. 그걸 본 어머니가 호섭이를 보면서 말했다.

"저기다. 저기."

숨을 헉헉거리며 뒤따라온 아버지가 이마의 땀을 손등으로 훔치며 부채를 부쳤다.

"염병할, 왜 이렇게 더운 거야?"

덥다는 아버지의 불평을 뒤로 한 채 어머니는 아파트를 바라보기만 했다.

"저게 아파트먼트란다. 동숭 시민아파트."

"언제 완성되는 거예요?"

호섭이의 물음에 어머니가 대답했다.

"내년 초에 완성되지 않겠어? 우리 호섭이 군대 갔다 오면 저기에서 살 수 있을 거야."

작년에 고등학교를 졸업한 호섭이는 아버지 일을 도와주면서 지내다가 올가을에 군대에 갈 예정이었다. 그 사이, 부지런히 삯바느질부터 안 하는 일이 없던 어머니는 어렵게 아파트 입주권을 손에 넣었다. 희망에 부푼 어머니는 연신 높다고 투덜대는 아버지에게 말했다.

"아니, 해방촌도 너끈히 다니시던 분이 무슨 엄살이에요."

"그때야 젊었을 때고. 지금은 마흔이 넘었다고."

부모님이 말을 주고받는 와중에 해방촌 얘기가 나오자 호섭이는 문득 해방촌에서 살 때 이웃이었던 혜옥이가 떠올랐다. 어린 나이였지만 집안 걱정이 한가득이던 혜옥이네는 글자 그대로 풍비박산이 났다. 똑똑하지만 일을 제대로 하지 않던 외삼촌 영호가 은행 강도질을 저지르다가 체포된 것이 시작이었다. 그 와중에 혜옥이 어머니가 아이를 낳다가 세상을 떠나고 말았다. 아내와 남동생을 잃은 혜옥이 아버지는 입에 피를 흘린 채 돌아와서는 실성한 사람처럼 웃기만 했다. 혜옥이 할머니의 증상은 더 심해졌다. 결국 혜옥이네 가족은 해방촌을 떠나면서 종적을 감췄다. 혜옥이와 헤어지는 게 아쉬웠던 호섭이는 가지고 있던 몽당연필을 선물로 주었다.

아파트 골조를 올려다보던 아버지가 한마디 했다.

"여기보다 와우 시민아파트가 더 좋지 않겠어?"

"아유, 거긴 교통이 불편하잖아요."

"내려가면 바로 신촌인데?"

"여기도 내려가면 바로 시내에요."

어머니와의 입씨름에서 밀린 아버지가 혀를 차면서 호섭을 바라봤다.

"너, 행여나 월남 간다고 지원하지 마라."

"알겠어요. 아버지."

"혹시나 상관이 가라고 하면 독자라고 해. 알았지!"

"그럴게요."

"연탄 가게 장 씨 아들도 맹호부대인지 맹독부대인지 파병을 갔다가 작년 구정 공세 때 허리에 총을 맞아서 아직도 일어나지 못한다더라."

"걱정 마세요."

"몸 건강히 제대할 생각만 해라. 알았지."

신신당부한 아버지는 아파트가 한창 지어지고 있는 산자락을 바라봤다.

"낙타 등처럼 툭 튀어나와서 낙타산이라고 부른다고 하더니, 진짜 낙타 등을 닮았네."

"그러게요. 봄에 꽃이 피면 진짜 예쁘겠어요."

꿈에 부푼 어머니의 말에 아버지가 살짝 미소를 지었다.

"살림하느라 바빴을 텐데 이런 아파트까지 사고, 당신 정말 대단해."

"여기 입주권 얻느라 진짜 힘들었다고요. 나도 사실 와우 아파트가 좋긴 했어요."

"거긴 언제 입주래?"

"올 연말이요."

"몇 달 전에 짓기 시작했는데 엄청 빠르구먼."

"그래서 서울시장 별명이 불도저라잖아요. 불도저."

어머니의 말에 아버지가 고개를 끄덕거렸다.

"덕분에 우리 가족도 아파트에서 살게 되었으니 나쁘지 않네."

언덕을 한참 올라와야 하지만 아파트에 들어가서 산다는 생각에 부모님은 기분이 좋은 모양이다. 호섭이는 낙타를 닮은 산 위에 지어지는 아파트를 물끄러미 바라봤다. 몇 년 전에 헤어진 혜옥네 가족도 과연 아파트를 꿈꾸고 있을까?

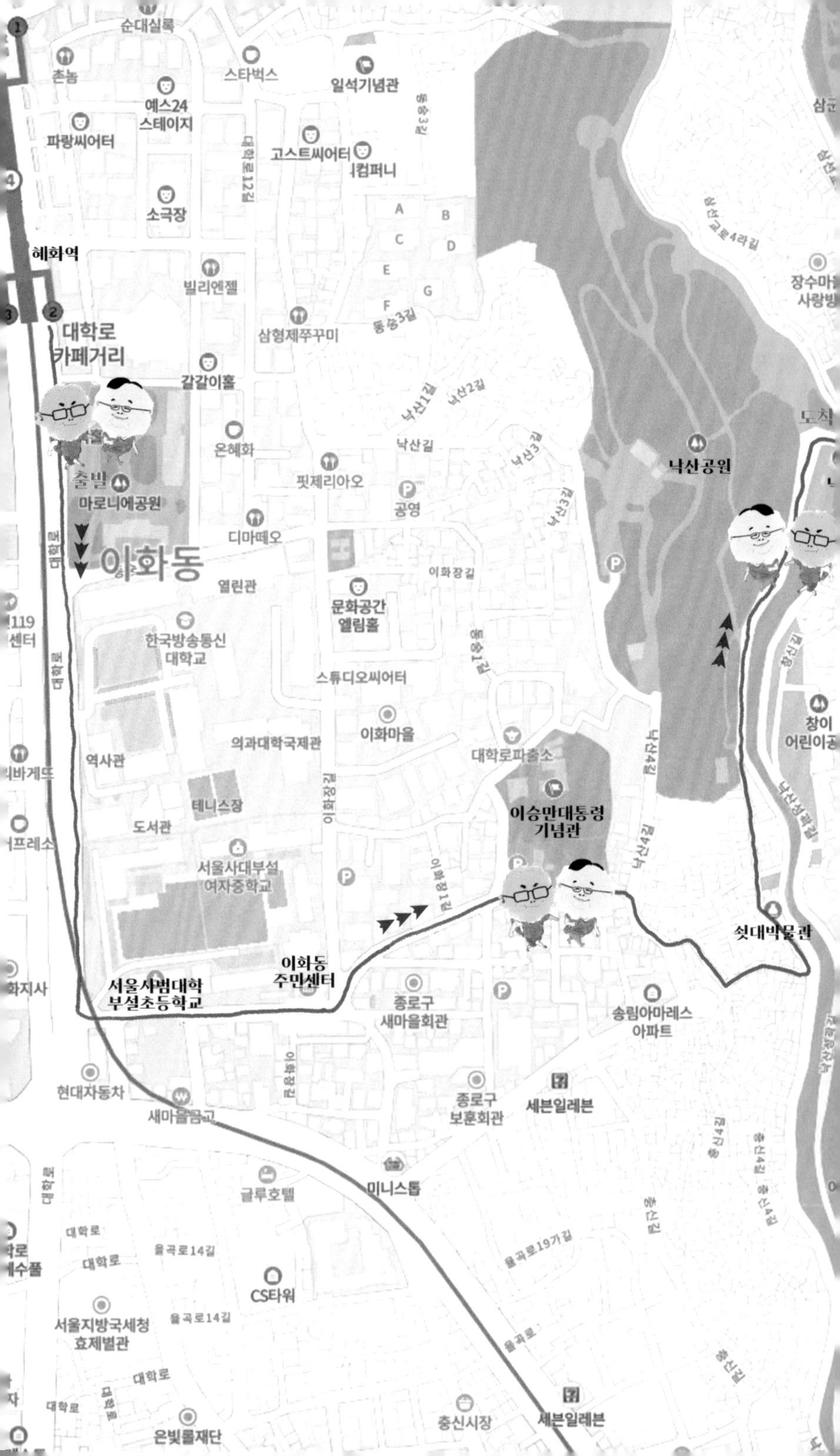

순대실록
촌놈
스타벅스
일석기념관
예스24
스테이지
파랑씨어터
고스트씨어터
컴퍼니
소극장
혜화역
빌리엔젤
삼형제쭈꾸미
대학로
카페거리
갈갈이홀
낙산공원
온혜화
낙산길
핏제리아오
출발
마로니에공원
공영
디마떼오
이화동
열린관
이화장길
문화공간
엘림홀
한국방송통신
대학교
스튜디오씨어터
이화마을
의과대학국제관
역사관
대학로파출소
테니스장
이승만대통령
기념관
도서관
서울사대부설
여자중학교
쇳대박물관
이화동
주민센터
서울사범대학
부설초등학교
종로구
새마을회관
송림아마레스
아파트
현대자동차
새마을금고
종로구
보훈회관
세븐일레븐
미니스톱
글루호텔
대학로
율곡로14길
율곡로19가길
CS타워
서울지방국세청
효제별관
율곡로14길
율곡로
대학로
충신길
충신시장
세븐일레븐
은빛콜재단
창이
어린이공
장수마
사랑방

◦ 정명섭 篇

— 낙타의 등을 닮은 산

벽화마을로 유명한 낙산은 조선 시대 이름난 명승지였다. 조선이 건국되고 한양을 도성으로 삼아서 경복궁을 세웠을 때 북쪽에서 남쪽을 바라보는 임금의 왼쪽에 있는 산이 바로 낙산이었다. 낙타의 등처럼 봉우리가 불룩 솟았다고 해서 타락산이라고도 불렀다. 하지만 당시 조선에서 낙타 등이 어떻게 생겼는지 직접 본 사람은 없었다. 그래서 조선 시대 우유를 타락이라고 부른 것에서 이름의 유래를 찾는 경우도 있다. 이 산에서 타락을 얻을 수 있는 소를 키웠다는 것이다.

조선에는 젖소가 없었기 때문에 소에게서 우유를 얻을 수밖에 없었는데 아주 귀했기 때문에 이걸 바치는 수유적(授乳賊)들은 다른 세금을 내지 않아도 될 정도였다. 수유적은 스스로 몽골의 후예라고 자처하면서 유목과 도축을 하던 조선판 집시들이다. 이름에 관한 여러 이야기가 전해진다는 것은 그만큼 낙산이 사랑받았다는 증거이기도 하다. 조선 시대 낙산은 풍광이 아름답고 맑은 시냇물까지 흘러서 왕족과 사대부의 발길이 자주 닿았던 곳이다. 한양을 내려다볼 수 있을 뿐만 아니라 사대문 안이라서 오가기 편한 점도 한몫했다. 알록달록한 꽃과 나무가 가득한 낙산에는 경치를 보기 위한 정자들이 곳곳에 세워졌다. 그중 인평대군의 거처인 석양루와 이화정과 일옹정, 백양정 등이 이름을 날렸다.

일제강점기에는 낙산 아래에 경성제국대학이 세워진다. 광복된 이후에는 이화동이라고 불렸다. 이승만 대통령의 사저로 잘 알려진 이화장(梨花莊) 안에 있던 이화정이라는 정자에서 비롯된 이름이다. 정자의 이름이 이화가 된 이유는 주변에 배꽃이 많이 피었기 때문이다. 이화동은 이화사거리를 포함한 평지부터 낙산공원 서남쪽 일부에 걸쳐있는 지역으로 그중에서도 이화장의 위쪽부터 낙산공원까지를 보통 이화 벽화마을이라고 부른다.

광복 이후 이곳은 초대 대통령인 이승만의 사저가 있던 곳이라 여러모로 개발의 손길이 미쳤다. 한국토지주택공사의 전신인 대한주택영단이 영단주택을 건설하기도 했다. 하지만 한국전쟁 발발 후 월남민이 몰려오고 1960년대부터는 지방에서 올라오는 사람들 때문에 삽시간에 판자촌이 들어찬 달동네가 되어버렸다. 평지에 집을 지을 땅이 없었던 탓에 이들은 가파른 언덕 위에 집을 지어야만 했다. 정부의 허가 같은 건 받았을 리 없는 무허가 주택이 대부분이었다.

1960년대에는 서울 인구의 3분의 1 정도가 이런 무허가 판잣집에서 생활했다. 조선 시대 시인들의 사랑을 받고 정자가 곳곳에 세워질 정도로 아름다운 경치를 자랑했던 곳이지만 이곳 주민들에게는 그저 가파른 계단이 있는 지긋지긋한 삶의 터전일 뿐이었다. 높고 가파른 곳이라서 비가 오면 축대가 무너지거나 산사태가 나서 판잣집에서 지내던 일가족이 참변을 당하는 일도 많았다. 당시 신문 기고란에는 이화동 산꼭대기에 사는 주민이 물도 제대로 안 나오는데 수도세는 많이 나온다는 항의의 글이 실리기도 했다.

— 시민아파트

이런 상황이 이어지자 서울시에서는 낙산을 비롯해 무허가 판잣집들을 없애고 시민아파트를 건립할 계획을 발표한다. 당시 서울의 주택 문제는 심각하다는 표현을 넘어설 정도였다. 서울시는 불법이라는 이유로 무허가 판잣집들을 부수고 교외에 새로운 주거지를 마련해줬다. 하지만 날품팔이라도 일을 하려면 일터인 서울에서 살아야만 했기 때문에 이들은 다시 서울로 들어와서 판잣집을 짓고 살고는 했다.

서울시는 이들이 안정적으로 거주할 곳을 마련해줘야만 했다. 건설부 산하의 도시주택 연구기관인 '주택, 도시 및 지역계

획연구소HURPI : Housing, Urban and Regional Planning Institute'의 연구고문인 오스왈드 네글러Oswald Negler는 도심지에 아파트를 세워야 한다고 주장했다. 그는 비용을 줄이기 위해 서울시가 아파트 골조 및 전기와 상하수도 시설을 시공하고 입주자들이 창문이나 도배, 장판 등의 인테리어를 소득 수준에 맞춰 스스로 갖추게 하자는 아이디어를 제안했다. 그러나 한 가구당 3~4평에 불과한 원룸 정도의 크기와 공동 화장실을 사용하자는 네글러의 제안에 서울 시장인 김현옥은 크게 반발했다.

어쨌든 무허가 판잣집을 철거하고 아파트를 세운 다음 철거민들을 입주시키는 방식은 날로 심해지는 주택난을 해결할 좋은 방법처럼 보였다. 이것이 판잣집들의 천국이었던 이화동에 시민아파트가 세워진 배경이다.

그러나 아파트 건설에 있어 가장 중요한 안전 문제는 도외시되었다. 무허가 판잣집이 많았던 산꼭대기에 지어진 탓에 붕괴 위험이 있었는데, 설상가상 그 과정에서 온갖 부정부패가 벌어졌다.

일단 서울시에서 싼값에 발주를 했다. 당시 아파트의 평당 건축비용이 4만 원 정도였는데 서울시에서는 절반도 안 되는 1만 8,000원 정도에 발주했다. 거기에다 입찰과 건설 과정에서 뇌물이 오가면서 건축비용은 더 떨어졌고, 건설에 필요한 시멘트와 철근을 적게 사용하거나 무허가 건축업자들이 만들면서 위험은 더 커졌다. 결국 1970년 마포 와우산에 있던 와우 시민아파트가 붕괴하면서 수십 명의 인명 피해가 발생했다. 이화동에는 41개 동 1,096세대가 거주하는 낙산 시민아파트가 1969년 들어섰는데, 당시의 사진을 보면 산꼭대기에 병풍처럼 세워진 아파트의 모습이 을씨년스럽기만 하다. 게다가 낙산 시민아파트는 한양의 명승지로 알려진 낙산의 참모습을 가려버리기까지 했다. 결국 2000년도에 접어들어 낙산 시민아파트는 철거되고 그 자리에 낙산공원이 지정된다.

— 벽화가 그려지다

그 사이, 이화동에도 변화가 찾아온다. 동대문 의류 시장 근처에 있다는 장점을 살려 창신동과 더불어 소규모 봉제공장들이 자리 잡은 후 활기를 띠기 시작한 것이다. 하지만 값싼 중국제 의류의 수입과 인건비 상승이 겹치면서 이화동의 봉제공장들은 하나둘씩 문을 닫는다. 교통이 불편한 고지대라는 점도 사람들이 속속 떠나는 이유 중 하나였다.

사람들이 떠난 이화동에는 개발의 손길이 미치지 못해 낡은 달동네로 전락하고 만다. 그러던 이화동에 벽화가 그려지게 된 것은 2006년 문화체육관광부가 추진한 '아트 인 시티Art In City' 사업에서 이화동을 벽화마을로 만드는 '낙산 프로젝트'가 기획되면서부터다. 당시로서는 주민이 참여하는 공공미술이라는 낯선 개념이었는데, 다른 사업들이 대개 공모를 통해 뽑혔다면 이화동의 낙산 프로젝트는 애초부터 기획 사업으로 진행되어 사업비가 다른 지역보다 월등히 많았다.

예상대로 벽화로 치장한 이화동은 핫 플레이스가 되어 국내외에서 인기를 끌게 되고, '이화 벽화마을'이라는 명칭으로 알려지게 된다. 하지만 이 벽화는 마을 사람들에게는 고통을 안겨주기도 했다. 조용한 거주지역이 갑자기 유명세를 치르면서 수많은 내외국인 관광객이 몰려와 시끌벅적했으니, 그곳에 사는 주민들이 마음 놓고 생활할 수가 없었던 것이다. 그래서 북촌 한옥마을과 더불어 주민들의 피해와 불만이 가장 많은 곳이 된다. 급기야 2016년 3월에는 이화 벽화마을을 대표하는 계단의 벽화가 주민들에 의해 훼손되는 일이 벌어지는데, 이들은 관광객들이 주변을 시끄럽게 해서 이에 대해 불만을 품고 벽화를 훼손했다고 밝혔다. 현재까지 벽화는 복원되지 않았고 갈등 역시 완전히 가라앉지 않고 있다.

— 이화 벽화마을에 가다

지하철 4호선 혜화역 2번 출구에서 내려 마로니에 공원 쪽으로 걷다가 이화장 길로 접어들면 약간의 오르막이 나타난다. 낙산으로 향하는 본격적인 시작점이다. 이화동 행정주민센터를 지나 안쪽으로 들어서면 한적한 주택가가 나오고 연극의 본고장 대학로답게 중간중간 소극장들이 보인다.

점점 좁고 가팔라지는 골목길을 올라가다 보면 왼쪽으로 갑자기 넓은 공간이 나오면서 이화장이 모습을 드러낸다. 광복 이후 귀국한 이승만 부부가 머물던 곳으로 정치적으로 대립했던 김구의 경교장이 서울의 서쪽 끝인 돈의문 밖에 있었다면 이화장은 동쪽 끝자락인 낙산에 위치한 셈이다. 이승만은 4.19 혁명으로 대통령에서 하야한 후 이곳으로 돌아왔다가 하와이로 망명을 떠났고, 그가 사망한 이후 부인 프란체스카 여사가 1970년 귀국해서 세상을 떠날 때까지 이곳에 머물렀다.

이화장 앞 공터 오른쪽에 낙산으로 올라가는 좁고 가파른 계단이 보인다. 이곳부터가 이화 벽화마을로 올라가는 본격적인 길이다. 아래에서 올려다보면 끝이 보이지 않을 정도로 가파른 계단이지만 다행히 중간중간 예쁜 벽화가 있어 아픈 다리를 잊게 해준다.

계단을 다 오르고 나면 산 중턱을 따라 길게 이어진 주택가와 만난다. 돌과 시멘트로 쌓은 축대 위에 2층 높이의 오래된 주택들이 있다. 평지와 가깝고 각종 벽화가 그려져 있어 이곳 주택들은 음식점이나 카페, 옷 가게와 한복 대여점, 게스트하우스 등으로 영업하는 곳이 많았다.

주택의 상당수는 1960년대 초반 대한영단주택에서 만든 영단주택인 듯하다. 불규칙한 창문의 배열과 목조로 된 지붕 구소

이화장
광복 이후와 4.19 혁명으로 하야한 후
이승만 대통령이 머물던 곳이다.

계단 중간 벽화와 벤치의 곰인형
벽화마을로 올라오는 계단 중간중간
예쁜 벽화가 그려져 있다.

를 보면 요즘 짓는 주택과 얼마나 다른 환경에서 지어졌는지를 짐작할 수 있다. 벽화뿐만 아니라 벽 전체를 알록달록하게 색칠해서 오래된 동네 특유의 무거운 분위기를 많이 누그러뜨렸다. 한복을 대여해주는 상점 앞 벤치에 쉬고 있는 곰 인형이 손님들을 기다리는 듯하다.

이곳에서 다시 위쪽으로 올라가는 좁은 길이 나오는데, 계단을 보는 순간 지금까지 걸은 계단은 예행 연습에 불과했다는 걸 깨달았다. 바로 옆에 있는 어마어마한 축대는 중세에 쌓은 성벽보다 훨씬 더 높아 보였고 그 위에는 역시 집에 있었다. 축대 옆의 계단을 자세히 보면 색칠된 흔적이 보인다. 앞서 말한 2016년 수빈에 의해 지워진 계단 벽화가 있던 곳이 바로 이곳이다.

인내심을 시험하는 계단 오르기가 끝나면 보상받을 시간이다. 이곳에서는 서울이 아주 잘 내려다보인다. 높고 웅장한 빌딩이 눈 아래로 보인다는 건 낙산 이화 벽화마을이 주는 특별한 선물이다. 이곳에서 낙산공원까지 가는 길은 두 개다. 하나는 마을 사이로 지나가는 낙산성곽서1길이고 또 다른 하나는 그 위쪽으로 한양 성곽을 따라 걷는 낙산성곽서길이다.

올라오는 건 힘들었지만 이곳의 골목길은 그 보상으로 충분했다. 오래된 주택들은 제각각 개조되어 다른 형태의 아름다움을 뽐냈고 벽화들이 그 아름다움에 무게감을 더했다. 몇 년 전에 왔을 때보다 한층 더 세련된 느낌을 받았다. 골목길의 매력 중 하나는 처음 와도 마치 동네를 거니는 것처럼 편안하다는 것이다. 이화 벽화마을은 비록 관광지가 되었지만 선을 넘지 않은 느낌인데 그것은 아마 이곳이 골목길이기 때문일 것이다.

대장간을 알리는 금속 간판이 벽에 붙어있고, 오래된 주택에 벽화를 그려 오가는 사람의 발길을 멈추게 하는 곳. 작은 창문 너머로 커피를 건네는 카페가 있고, 벤치가 있는 공터와 정자들이 있어 얼마든지 쉴 수가 있는 곳. 작고 아기자기한 제품을 팔거나 특이한 걸 전시하는 박물관이 군데군데 있어 시간 가는 줄 모르고 오갈 수 있는 그런 길이 이곳 이화 벽화마을에 있다. 무엇보다 골목길에서는 주변 풍경을 제대로 볼 수 없거나 볼 게 없다는 단점이 있는데 이화 벽화마을은 골목길에서 눈길만 옆으로 건네도 멋진 풍경이 보인다.

다른 곳 같으면 전망을 보기 위해 카페나 음식점에 들어가야 하지만 이곳에서는 공터에서도 얼마든지 풍광을 즐길 수 있다. 담쟁이넝쿨이 타고 넘어가는 지붕 너머로 바라보이는 N서울타워(구. 남산타워)는 아무리 봐도 질리지 않는다. 이는 판잣집과 낙산 시민아파트로 대표되는 삶의 현장과 무분별한 재개발 속에서도 이곳이 살아남은 이유일지도 모른다.

— 투어리스티피케이션

반면, 해결하지 못한 문제점 역시 명백하게 느낄 수 있었다.

계단 아래 풍경

눈아래로 서울의 높은 빌딩들이 내려다보인다.
가파른 계단을 올라온 보상을 받은 듯하다.

낙산의 풍경들
좁지만 아담한 골목 사이로
개성 넘치는 벽화와 간판들,
그리고 햇살까지
이곳을 축복하는 듯하다.

바로 투어리스티피케이션touristification 현상이 두드러지고 있다는 점이다. 투어리스피케이션은 거주지가 관광지화된다는 투어리스티파이touristify와 젠트리피케이션gentrification의 합성어로 주거지가 관광지로 변하면서 각종 소음과 쓰레기들이 발생하고, 관광객들의 등쌀에 못 이긴 거주민들이 이주를 하거나 관광객들을 거부하는 현상을 뜻한다.

북촌 한옥마을이 대표적으로 그곳에 가면 조용히 다니라는 팻말을 든 사람을 볼 수 있고 대문에는 여러 나라의 언어로 들어오지 말라는 글귀와 식당이나 전시관이 아니라는 내용이 적혀있다. 이화 벽화마을 역시 이런 현상이 벌어졌는데 2006년 벽화를 그리기 시작한 이후 제대로 관리가 되지 않은 것이 시작이었다.

관광객들이 밀어닥치자 이를 예상하지 못했던 주민들은 화를 내거나 당황해했다. 조용하던 골목에 관광객이 넘쳐나고 쓰레기가 버려지고 소음이 발생하니 짜증이 날 법하다. 답사를 하러 갔을 때도 이런 갈등을 느낄 수 있었다.

잠깐 들러서 식사를 하던 곳의 주인은 벽화가 훼손된 사건을 아쉬워하면서 더 많은 벽화가 그려져서 관광객이 오기를 바랐던 반면, 잠시 들렀던 작은 공원에서 만난 주민들은 사진을 찍는 관광객에게 노골적으로 짜증을 냈다. 골목길의 유명세로 얻는 이익에 따라 주민들의 의견이 정확히 둘로 나뉜 것이다. 더없이 평화로워야 할 골목길이 관광객으로 인해 갈등이 벌어지고 있다는 점이 안타까웠다. 골목은 원래 평화롭고 조용한 곳이어야 하는데 말이다. 멀리 보이는 서울의 아름다운 풍경을 보면서도 사뭇 머리가 복잡했다.

낙산 성곽 서1길과 낙산성곽 서길의 갈림길
낙산공원으로 가는 이 길이 정겹기만 하다.

대문구
문구용
사무용
체육용

국내 최초 실시간 카톡소통연극
선다래분식은 연극 #나만빼고와 함께합니다.
40년 전통
떡볶이집

°
김효찬 篇

문방구는 도라에몽의 주머니 같아서 필요한 게 있다면 모두 꺼내 줄 것만 같다. 비록 문방구의 물건들은 다소 조악하지만, 아이들의 작은 손으로 아껴주기엔 오히려 그편이 적당하다.
나도 새로 산 로봇 한 대가 세상만큼 소중하던 때가 있었다.
누구나 기억에 남는 장난감 한두 개씩은 있겠지.
그런 장난감이 더 이상 소중하지 않게 되는 순간은 언제부터일까? 벽화마을 초입에 있는 문방구 앞에서 잃어버린 장난감들이 떠올랐다.
건전지로 움직이며 포신 끝에서 불을 뿜던 '킹타이거 탱크'와 일본 애니메이션 마크로스에 발키리를 무단으로 카피한 3단 변신 '스페이스 간담 브이'는 내가 세상만큼 아끼던 장난감이었다. 지금도 안타까운 이 장난감들은 언제 어디로 사라진 걸까? 아마도 그것들을 감싸주기엔 내 손이 너무 커버린 어느 이삿날, 조금 길어진 손가락 틈새로 떠나가 버린 건 아닌지 생각했다.

인사도 없이 장난감이 사라진 후 나는 거짓말처럼 손이 자라지 않았다. 내 손은 열 살 아이보다 크고 열다섯 살 사내아이보다 작다. 일찍 성장이 멈춰버린 손 때문인지 나는 어른이 된 후 다시 장난감을 사 모으기 시작했다.

나의 용감하던 '킹타이거 탱크'는 어느 전장에서 파괴됐겠지만, '스페이스 간담 브이'는 3단으로 변신한 채 안드로메다 저 끝으로 날아가 버렸지만, 나는 내 일상을 이어가야 하므로 다시 일행을 찾아 나섰다. 나의 일행은 이미 언덕 중턱까지 올라가서 내게 전화를 하는 중이다.

여느 골목들처럼 이화동 벽화마을 역시 낯익은 모양이었다. 어디서였을까? 나는 어렴풋한 기억을 떠올리려 가파른 경사를 음미했다. 시간에 둥그레진 계단과 고양이, 큰 나무 아래 평상과 사람들, 엉클어진 채 아무렇지도 않은 전선들과 그 사이로 펼쳐지는 메트로폴리스.

아! 이제는 볼 수 없는 아현동 높은 골목이었다.
아현동 높은 동네를 오른 건 2013년 6월이었다. 생업으로 사업을 할 때였고 당시 하던 일이 제법 자리를 잡아 여유로운 상태였다. 열심히 일해주었던 직원들 덕에 원하는 시간에 짬을 낼 수 있었고, 역할에 충실했던 나는 6월 햇살에도 부끄럽지 않아 즉흥적으로 아현동 골목길을 올랐었다. 봄에 어떤 하루, 나 하나 정도 농땡이를 부려도 죄가 되지 않을 시간에 둥그런 고양이 등을 타고 6월의 골목 속으로 녹아들었던 것이다.

경사진 골목 꼭대기에 앉아 한 시간 넘도록 그림을 그렸다. 아이들 한둘이 와서 엄마를 불러오더니 할아버지도 나오셨다. 할머니가 과일을 내오시고 이모가 커피를 타 오셔서 나는 동네에 특별한 이벤트가 되어있었다. 그림이 그려지는 게 신기한 아이들의 꿈은 화가가 되고, 처음 만난 어른들도 스스럼이 없었다. 내 작은 재주로 동네 꼭대기에는 좋은 기운이 가득했고, 그 좋은 기운이 비탈진 계단과 지붕을 타고 사람들이 사는 먼 곳까지 흐를 것만 같았다.

'기운'이란 단어의 뜻이 '기운 기'에 '움직일 운'이렸다.

아현동 골목의 좋은 기운이 정말 움직였는지, 내가 자리를 비웠던 그날 회사의 일 매출은 최고를 찍었고, 몇 년 후 그 날 그린 그림으로 책 표지를 장식한 도서는 한동안 베스트셀러에 있었다.

아현동 높은 골목은 재개발로 이제는 볼 수 없게 되었다.

나는 아현동을 닮은 이화동을 조금 더 힘주어 그리기로 했다. 그리는 건 종교도 없는 내가 할 수 있는 어설픈 기도여서 그것이 기도든 기운이든 허공에서 소멸하는 일 없이 어디라도 닿기를 바랐다. 2020년은 모두에게 가혹했었으니 이화동 꼭대기 성벽 너머로 사람이 사는 곳이라면 어디든 좋은 기운이 공평하게 내려앉기를 바랐다. 마침 그날은 바람이 세차게 불어 기운은 퍼지고 기도는 이루어질 것만 같았다.

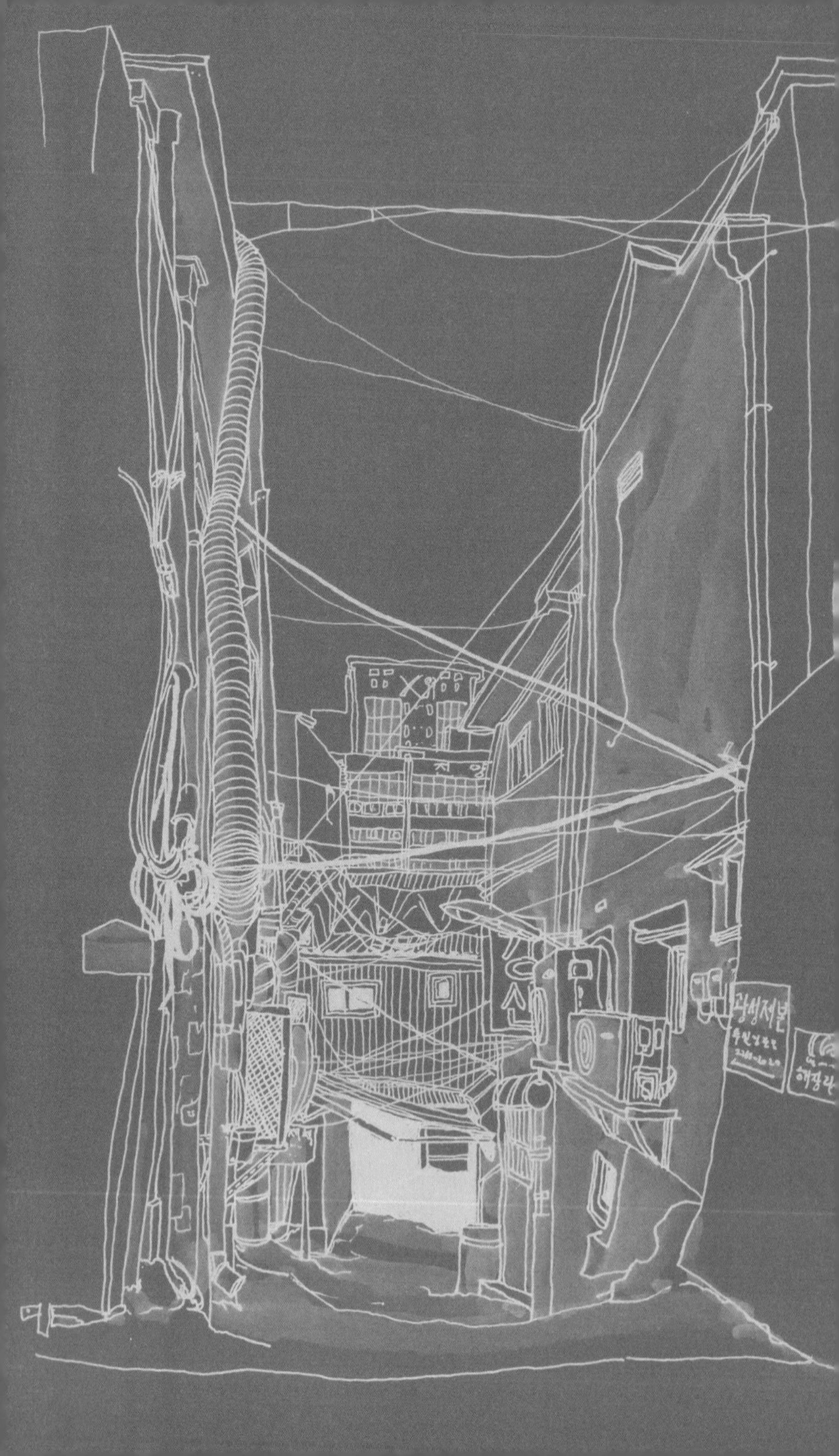
광성제본

여섯 번째 골목

충무로 인쇄 골목

국내 최대 인쇄촌

앞장선 황 사장이 포니 택시가 지나가기를 기다렸다가 도로를 건넜다. 도로 건너편에는 충무로 인쇄 골목의 입구가 보였다. 그걸 본 호섭이는 한숨을 쉬었다. 10여 년 전 군대를 제대하고 이것저것 일을 했지만 제대로 되지 않았다. 그러다가 어머니의 먼 친척인 황 사장이라는 사람이 충무로에서 인쇄소를 한다고 해서 일을 배워보기로 했다. 험한 일이기는 하지만 기술만 배워두면 굶을 일은 없다고 황 사장이 큰소리를 친 탓이다. 호섭이는 내키지 않았지만 나이도 서른이 넘었고, 얼마 전에 결혼도 한 터라 직장이 필요했다. 결국 일을 배우기로 한 호섭이는 충무로로 향했다.

다방에서 만난 황 사장은 인쇄 일이 고되긴 하지만 일만 제대로 하면 돈 버는 재미가 쏠쏠할 거라면서 그를 어느 골목으로 데려갔다. 골목길에 들어서자 매캐한 잉크 냄새와 기름 냄새가 동시에 코를 찔렀다. 호섭이 저도 모르게 얼굴을 찡그리자 앞장선 황 사장이 혀를 찼다.

"인마, 여기서 일하려면 이 정도 냄새는 익숙해져야 해."

골목길 입구에 있는 전파사에서는 며칠 전 열린 LA 올림픽 레슬링에서 김원기가 금메달을 땄다는 소식을 전해주고 있었다. 셔츠의 단추를 열어젖힌 채 연신 부채질을 하던 황 사장이 걸음을 멈추고 말했다.

"금메달을 땄으니 팔자가 완전 펴겠군. 자식 놈도 머리가 나쁜데 운동이나 시킬 걸 그랬어."

뒷짐을 진 황 사장의 말에 호섭이는 가만히 웃었다. 전파상 옆에는 문을 활짝 연 조그마한 인쇄소가 있었다. 입구 의자 위에 낡은 라디오가 있었는데 얼마 전 강변가요제에서 대상을 탄 〈J에게〉가 흘러나오는 중이었다. 불쑥 안쪽으로 들어간 황 사장을 본 인쇄소 사장이 한 손을 들며 빈겼다.

"일 좀 해. 황 사장."

"사람이 어떻게 일만 하며 살 수 있나. 쉬엄쉬엄하라고."

"그나저나 새로 일할 직원이야?"

인쇄소 사장의 물음에 황 사장이 호섭을 쳐다봤다. 호섭이는 어정쩡하게 인사를 했다.

"황 사장님 친척입니다. 김호섭이라고 합니다."

"만나서 반가워. 열심히 일하면 황 사장처럼 인쇄소 하나 떡하니 차릴 수 있을 거야."

덕담인지 놀림인지 알 수 없는 말을 한 인쇄소 사장이 일이 바쁘다며 장갑을 꼈다. 밖으로 나온 황 사장이 거리를 걷다가 인쇄소 유리문에 쓰인 글씨를 가리켰다.

"저게 무슨 뜻인지 아냐?"

걸음을 멈춘 호섭이가 그쪽을 바라보고는 고개를 가웃거렸다.

"오시, 타공, 귀돌림 가능? 무슨 뜻입니까?"

황 사장은 그럴 줄 알았다는 듯 혀를 찼다.

"오시는 종이를 접을 수 있게 누름 선을 만드는 걸 말하지. 봉투 보면 접게 되어있는 부분 있잖아."

"네. 그럼 타공은요?"

"구멍을 내는 걸 말하는 거야. 귀돌림은 종이 모서리를 둥글게 가공하는 걸 말하고. 그러니까 저곳은 저 세 개를 다할 수 있다는 뜻이야."

"아, 이름들이 특이하네요."

"이곳 용어를 빨리 익히도록 해. 저렇게 한꺼번에 다 하는 집은 드물고 대부분은 한두 가지에 집중하지. 가장 중요한 건 활자를 빨리 박아서 찍는 일이지만 그건 엄청 오랫동안 연습해야 한다고."

"그럼 뭐부터 하면 됩니까?"

대답을 하려던 황 사장이 골목길에서 불쑥 튀어나온 자전거에 놀라서 걸음을 멈췄다. 짐칸에 종이를 잔뜩 실은 자전거는 비틀거리며 어두운 골목길을 헤쳐나갔다.

"아이, 깜짝 놀랐네."

황 사장이 멀어져가는 자전거를 보면서 말했다.

"배달부터 배워. 자전거는 탈 줄 알지?"

호섭이가 고개를 끄덕이며 안다고 대답하자 황 사장이 흡족한 표정을 지었다.

"이 골목이 너랑 네 가족을 먹여 살릴 거다. 우리 가족을 먹여 살린 것처럼 말이다."

황 사장의 얘기를 들은 호섭이는 어느덧 가운데까지 들어와 버린 골목길을 돌아봤다. 이곳에 적응할 수 있을까? 다른 방법이 없다는 생각에 호섭이는 저도 모르게 한숨을 쉬었다.

명보 사거리
도착
출발
인현시장
거리
충무로역
충무로
바렌티나치킨
로스트앤파운드
나살던고향
DB손해보험 빌딩
세븐일레븐
마른내로
CJ푸드빌
와플대학
담소소사골순대육개장
아시아 미디어타워
부산복집
수표로10길
충무오뎅
도미노피자
남산센트럴뷰 스위트
스테이비호텔 명동
사랑방칼국수
육전식당
오도면옥
전주김밥2
CU
고꼬로오뎅
티마크호텔 명동
황소집
보은집
원마트
인현포차
더솔라고세운 (2023년7월예정)
가화커피숍
한솔마트
상아재단
시골집
삼호재단
용강
별미집닭곰탕
잇지마
정화식품
추어탕
영업재단
미아상회
카스톡스
천호상회
퇴계로41가길
마른내로4길
마른내로6길
한일철강
부산복집
한국영화 배우협회
충무로119 안전센터
GS25
MOTELCF
로드하우스 명동
신신재단
스타벅스
종로계림닭도리
KB국민은행
신한은행
극동슈퍼 할인마트
충무로쭈꾸미
커피빈
퇴계로27길
퇴계로31길
NH농협은행
처갓집양념치킨
이삭토스트
설빙
대한극장
퇴계로
GS필동 주유소
연안식당
풍산빌딩
스타빌딩
우리은행
상생플러스스페이스
치아바타몽스
리즐
스타호스텔 명동
투썸플레이스
반반국수
한국의집
세븐일레븐
남학당
시루국밥
공영
산학협력센타
코쿤피스텔
남산충정사
천우각
삼일대로2길
퇴계로32길
남산골 한옥마을
필동경영연구소
필동주민센터
퇴계로36길

◦ 정명섭 篇

— 영화의 거리에서 인쇄의 거리로

원래 충무로는 영화의 거리였다. 그래서 지금도 충무로역에는 대종상과 관련된 전시물들이 전시되어있다. 지금은 영화사 대부분이 강남으로 이전해서 홍보사 몇 군데만 남은 수준이지만 일반인의 뇌리에는 아직도 영화의 메카로 자리매김하고 있다. 충무로에 인쇄 골목이 조성된 것도 영화와 깊은 관련이 있다. 영화를 홍보하기 위해 포스터를 제작해야 했기 때문이다. 지금처럼 인터넷이 발달하지 않고 교통도 불편하던 시대였으니 관련 업종이 붙어있는 건 당연했다. 영화의 거리 충무로 한쪽 구석에 인쇄소들이 뿌리를 내린 이유다.

때마침 기존 인쇄소들이 모여 있던 을지로의 장교동이 포화상태가 되고 재개발이 진행되자 상대적으로 규모가 작은 후발주자들이 이곳으로 둥지를 옮겼다. 1984년 6월 16일 자 매일경제신문 기사에는 이렇게 옮겨온 업체가 무려 500개에 달한다고 했다. 그러면서 국세청의 자료를 인용해 서울 시내 전체 인쇄소가 2,400여 개인데 그중 1,500개가 인현동과 스카라 극장 근처에 모여 있다고 전했다.

그 후 변화의 과정을 거치면서 쇠락의 길을 걷기도 했지만 충무로는 여전히 인쇄 업체들이 몰려있는 서울의 대표적인 인쇄 골목으로 명성을 유지하고 있다. IMF 위기를 거치면서 종이 인쇄물의 수요가 줄었다고는 하지만 충무로 인쇄 골목 업체들은 처음 자리 잡은 1980년대 중반보다 몇 배는 더 늘어나서 지금도 서울에 있는 전체 인쇄소의 절반 이상이 이곳에 있으며, 소화하는 물량 역시 만만치 않다. 그래서 이곳을 지붕이 없는 거대한 인쇄소라고도 부른다.

이곳은 문을 닫거나 서울 외곽으로 이전하는 업체들이 생겨도 그 자리를 금방 다른 인쇄 업체들이 금방 메꿔버린다. 이는 이곳 인쇄 업체의 규모와도 연관이 있다. 규모가 작다 보니 한두 가지 특화된 작업만 할 수 있고, 그러다 보니 다른 업체와의 협업이 필수였던 것이다. 일종의 생산 네트워크가 구성된 셈인데, 인쇄 업체를 중심으로 재료를 공급해주는 업체와 배송해주는 업체까지 자리를 잡으면서 규모를 유지하고 있다. 거기다 빠른 배송을 해야만 하는 인쇄 업체의 특성상 최대 수요처인 서울에서 벗어날 수가 없었다. 간혹 인쇄업과 관련되지 않은 업체나 개인이 이곳을 떠나면 인쇄소나 관련 업체들이 그 자리를 차지하는 일이 반복되면서 인쇄 골목은 오히려 예전보다 더 확장되는 추세다.

흥미로운 점은 이곳의 역사다. 인쇄 골목과 약간 떨어진 곳에 조선 시대 인쇄를 책임졌던 관청인 주자소가 있었다. 그 영향 때문인지 근대에 접어들어 서구식 활판인쇄를 처음 도입한 박문국과 최초의 민간 인쇄 업체인 광인사 등도 이곳에 있었다. 어쩌면 충무로에 인쇄 골목이 생기고 성장해나간 건 우연이나 영화사의 영향이 아니라 오래전부터 전해 내려온 전통을 계승하는 측면이 아니었을까 하는 생각도 들었다.

— 골목과 간판

충무로역 8번 출구로 나와서 좁은 골목길로 들어서면 벌써 분위기가 달라진다. 멀티플렉스로 재개장한 대한극장과 그럭저럭 현대적인 분위기를 유지하는 맞은편과는 달리 타임머신을 타고 반세기 전으로 돌아간 것만 같다. 하필이면 골목길에서 가장 잘 보이는 게 1970년에 만들어진 세운상가의 제일 끝자락인 진양상가로 이곳은

진양상가
세운상가 여덟 동 중 마지막 상가로 꽃과 귀금속을 파는 곳이 많다.

꽃과 귀금속을 취급하는 곳으로 잘 알려져 있다.

문래 창작촌이나 동묘 한옥 단지 같은 오래된 골목길에 들어서더라도 그 너머에는 현대적인 빌딩이 보이곤 하는데, 이곳은 모든 건물이 오래되어 보인다. 골목길 안쪽으로 더 깊숙이 들어서면 아예 바깥이 보이지 않을 정도다. 사실 간판 구경하는 재미가 쏠쏠했는데 행사 기념품과 각종 판촉물, 종합인쇄를 한다는 간판부터, 명함과 스티커는 물론 카탈로그를 만들어준다는 작고 아기자기한 간판까지 딴 곳에서는 볼 수 없는 것들이 즐비했다.

치안센터가 자리 잡은 골목으로 접어들면 본격적인 인쇄 골목의 풍경을 느낄 수 있다. 각종 출력센터와 복고풍의 다방을 지나면 인쇄소와 노래방 간판이 딱 붙어있다. 의외로 음식점도 많았다. 인쇄소를 비롯해 이곳에 있는 수많은 업체와 사무실 대부분이 구내식당을 갖출 만한 곳이 아니라서 근처에서 식사를 해결해야만 했기 때문이다.

옆으로 좁은 골목길들이 더 있기에 들어가 보았다. 대낮인데도 빛이 잘 들어오지 않을 정도로 어두운 골목에 노래방 입간판과 의미를 알 수 없는 인쇄 업체의 간판이 삐딱하게 서 있다. 노래방 입간판은 바닥이 기울어져 있고 인쇄 업체의 간판은 붙어 있는 앵글이 부식되어 축 처져 있다.

오래된 골목길과 어울린다고 생각하며 걷는데 골목 끝에서 배송업체의 승합차가 멈춰선 채 바쁘게 종이를 싣고 있다. 아마 인쇄 업체에서 만든 포스터나 인쇄물을 옮기는 것이리라. 다른

충무로 인쇄골목

인쇄물과 관련한 각종 간판을 구경하는 재미가 쏠쏠하다.
의외로 인쇄 업체 외에 다방, 노래방, 음식점이 많다.

터널처럼 생긴 골목길
이런 골목을 발견할 수 있어 골목길 탐방이 즐겁다.

골목에는 바퀴 두 개가 달린 빈 수레가 일거리를 기다리고 있고, 바로 옆에는 무단 투기를 하지 말라는 경고판이 붙어있다. 골목길을 오랫동안, 그리고 자주 다녔지만 충무로 인쇄 골목처럼 간판으로 가득 찬 곳은 드물다. 그리고 그 간판에 적힌 용어들이 외국어처럼 생경하다.

전통적인 활판인쇄 방식에서 컴퓨터를 이용한 방식으로 바뀌고, 영화사들은 이제 이곳에 남아있지 않다. 하지만 모든 사람을 포용하는 골목길처럼 인쇄 업체들은 이에 적응해왔다. 직원을 줄이고, 가족 운영으로 인건비를 줄이고, 사장이 직접 기계를 돌리고, 소규모 물량도 주문을 받으면서 큰 인쇄 업체들이 못하는 부분을 파고들었다. 그런데도 종이 인쇄에 대한 수요가 줄어든 여파인지 곳곳에 문을 닫은 모습이 보였다.

골목길에 접해 있는 집들은 굉장히 오래되거나 독특한 집이 많았다. 코벨링 디테일이라고 부르는 벽돌을 밖으로 쌓는 방식의 집부터 일본식 목조 주택, 타일을 외벽에 붙이는 방식으로 지은 주택까지 충무로 인쇄 골목에는 다양하다는 말로는 부족할 정도의 집들이 있다. 그곳에 흑백 TV에서나 봤을 법한 다방들이 문을 연 채 손님을 기다리고 있다. 그곳들을 하나하나 찾아가고 살펴보는 것이 나에게는 또 다른 골목길 탐방의 즐거움이었다. 이번 탐방에서는 마치 터널처럼 생긴 골목길을 찾기도 했다.

— 인쇄 골목의 친구, 삼발이 오토바이

충무로 인쇄 골목을 누비다 보면 처음 보는 오토바이를 발견할 수 있다. 앞부분은 오토바이지만 뒷부분은 짐을 실을 수 있는 짐칸이 있고 양쪽에 바퀴가 달려있다. 처음 봤지만 이름과 용도는 어렵지 않다. 이 오토바이는 '삼발이'라고 불렀고 골목길을 누비며 종이를 운반하는 일을 맡았다.

인쇄 골목에서 종이는 아주 귀한 취급을 받는다. 그래서 운반할 때 조심해야 하는데 특성상 휘거나 찢어지면 쓸 수 없기 때문이다. 종이는 편 채로 운반해야 하는데 차로 싣고 다니기에는 골목이 너무 좁았고, 자전거는 짐칸이 작았다. 사람이 실어 나르는 데는 한계가 있었다. 그런 고민과 이런저런 시도 끝에 탄생한 것이 삼륜 오토바이, 그러니까 삼발이였다.

언제부터 사용되었는지는 알 수 없지만 1996년 매일경제신문에 영세 상인들에게 삼륜 오토바이, 통칭 삼발이가 큰 인기를 끌고 있다는 기사가 나온 바 있다. 기사에는 제작법도 나왔는데 오토바이를 절개해서 뒷부분에 짐을 실을 수 있는 적재함을 끼워 넣는 방식을 택한다고 했다. 이때 기존의 오토바이에는 없는 후진 기능을 넣어 편리함을 더하고, 속도를 더하기 위해 몇 가지 개조를 추가해서 최고 속도가 90킬로미터라고 했다. 뒷바퀴 타이어는 티코(구 대우국민차에서 만든 경차)에서 떼어낸 것을 이용하는데 자동차의 유압식 브레이크를 사용해서 빨라진 속도에

삼발이
충무로 인쇄 골목을 누비며 종이를 운반하는 막중한 임무를 맡았다.

걸맞은 제동력을 갖추고 있다고 소개했다.

후진이 가능하고 짐을 싣고 좁은 골목길을 다닐 수 있어 큰 인기를 끌자 개조 업체가 여러 군데 생겼지만 초기의 삼발이는 오토바이를 개조해서 사용했다는 이유로 법적인 보호를 전혀 받지 못했다. 그러다가 업자들과 사용자들이 지속해서 탄원한 결과, 1994년부터 자동차 관리법상 삼륜형 오토바이로 분류하고 건설교통부의 형식 승인까지 나오면서 법적인 보호를 받게 되었다. 3년간의 탄원과 그 이전까지 고려하면 삼발이는 최소한 1980년대부터 사용되었다고 추측할 수 있다. 충무로 인쇄 골목에서도 아마 이 시기부터 골목을 누비면서 종이를 실어 나르지 않았을까 싶다.

나는 한옥의 최고 장점을 지붕으로 꼽는다. 기와 아래 흙과 잡목을 품은 한옥의 지붕은 지나가는 새가 떨어뜨린 씨앗이 비집고 들어가 햇빛과 비를 머금으며 자라게 해준다. 그래서 오래된 한옥의 지붕에는 이름 모를 꽃과 나무들이 자라고 있을 때가 많다.

골목길 역시 마찬가지다. 사람의 왕래가 없는 어두컴컴하고 을씨년스러운 것 같은 골목이라도 가만히 살펴보면 사람의 흔적을 어렵지 않게 찾을 수 있다. 이곳 또한 문을 닫은 곳이 많고 사람의 왕래도 적어 언뜻 보면 생명이 다한 비어버린 골목처럼 보이지만 그 끝에는 종이를 싣는 승합차들이 서 있었고, 살짝 열린 인쇄소의 문틈으로 땀을 뻘뻘 흘리면서 일하는 직원들이 보인다. 아스팔트로 포장된 도로, 온갖 표지판들로 화려한 번화가에서는 느낄 수 없는 이 온기가 햇빛이 잘 들어오지 않는 충무로 인쇄 골목을 따뜻하게 감싸주고 있다.

실사 출력 잘 하는 집
글로벌프린팅 Tel. 02-2279-9777
현수막
실사출력
배너
POP
등신대
어깨띠
홍보관
생숙
사무실
상가
B1,2 볼링장/스크린골프 입점
문의 1668-0117
화수분
Take out
DAELIM

작은분
학
다방
2279-0031
다방

김효찬 篇

아주 어릴 적이라 기억이 선명하진 않지만 나는 누군가의 손을 잡고 이곳 충무로를 걷고 있었다. 일하는 어른들이 큰 소리로 말하며 바쁘게 움직였고, 좁은 길로 오토바이와 차들이 다녀 골목엔 매연 냄새가 매캐했다.
기다란 골목의 낮은 건물들 뒤로는 커다란 빌딩들이 병풍처럼 근사했고, 빌딩들 위엔 옥외 광고판들이 알록달록 진달래처럼 많아 나는 그날을 봄으로 기억한다.
나는 광고판에 붙은 광고 포스터 보기를 좋아했는데, 그 많던 광고 중에 유독 '진생업 포스터'는 아직도 기억이 선명하다. 무슨 이유인지 어린 나는 당시 매연 냄새와 진생업의 향이 같다고 생각했는데, 그래서인지 나는 아직도 인삼 함유 자양강장제를 잘 마시지 못한다. 엄마는 나와 충무로에 간 일이 없다고 하시지만, 아무튼 내 기억 속 1980년대 충무로는 진생업과 여러 상품의 광고가 진달래처럼 있고 매연이 매캐하고 큰 목소리의 어른들이 바삐 일하던 그런 봄날의 모습이다.

2020년 가을, 다시 찾은 충무로엔 진생업 광고도, 매연 냄새도, 큰 목소리로 말하며 일하는 어른들도 볼 수 없었다.
어린 내게 아저씨들의 목소리는 더 크게 들렸을 것이고 옥외 광고 포스터도 더 높고 화려해 보였겠지만, 아무리 그렇대도 2020년 충무로 인쇄 골목의 모습은 너무 짙은 파랑이었다.
표정 없는 어른들은 가라앉듯 길을 걸었고 몇몇 가게들이 굳이 문을 열었다. 여름이 끝난 탓인지 검푸른 그림자가 저만큼 길게 있었다.
나는 그 파란 속을 걸었다. 10년간 장사를 해본 나는 텅 빈 거리에서 문을 여는 상인의 마음을 잘 안다. 가을 저녁 긴 그림자는 내 가슴에도 닿았는지 파랗게 시려왔다. 시린 마음을 다잡아 걷고 있는데 골목은 눈치도 없이 내게 철 지난 아이템 하나를 꺼내 보여주었다.

〈O 다방〉

송
각종 BOX
coffee shop
학다방
T.2279-0031
충무4가1길
학 다방
학 다방
Coffee Shop
T.2279-0031
청첩

C-42
901
925
진접착
2666

다방이라니, 부동산 앱이 아닌 진짜 차를 파는 다방이 화석처럼 눈앞에 나타났다. 짙은 화장에 화려하게 차려입은 누나가 오토바이로 배달하러 다녔을 법한 다방은 21세기에 나타난 티라노사우루스처럼 현실과 겉도는 모양이었다. 코로나19로 골목 생태계도 대멸종의 시대를 맞이했는데 이 고대 생물 같은 다방이 정말 살아있긴 한 건지 궁금했다.

나는 일행에게 커피 한 잔 마셔보자는 제안을 했지만, 친절한 일행은 웬일인지 이를 정중히 거절했다. 설탕과 프림이 진한 다방 커피를 마셨다면 괜찮았을까? 충무로 파란 골목에서의 답사는 유독 힘들었다.

나는 굳이 문을 연 가게들을 피해 숨어들 듯 더 깊은 골목으로 들어갔다. 골목보다 더 골목인 곳, 에어컨 실외기가 전부인 그곳에도 삶은 있어 솜뭉치 같은 길고양이들이 일상을 이어가는 중이었다.

"등 비빌 한 뼘의 자리와 당장 먹을 게 있다면 아무래도 괜찮아.

걱정 없는 공간에서 시간은 굳이 내일로 흐르지 않거든."

고양이는 유연한 몸뚱이를 아무렇게나 뒹굴며 메시지를 전했다. 고양이의 사고방식과 생활방식은 매우 유연한 것으로, 우리는 녀석이 전하는 메시지를 진지하게 읽을 필요가 있다. 고양이가 없었다면 나는 골목의 에어컨 실외기나 이끼처럼 사소한 것들에는 관심을 두지 않았을 것이다.

일상을 이어가다 보면 고양이처럼 뒹굴뒹굴 살기란 여간 힘든 게 아니다. 고양이는 그런 나를 위해 어디든 있고, 충무로 골목에서도 빤한 눈으로 보고서는 모르는 척 어디론가 사라져버렸다. 굳었던 마음이 많이 유연해졌다. 파랗고 긴 그림자가 드리운 충무로 골목에도 이토록 고양이들이 많으니 괜찮겠지.

막연한 나의 믿음엔 아무런 인과도 없지만 그렇게 믿어버리기로 했다. 우리는 하루의 시작이 언제인지도 모르지만 하루를 살아내야만 하고, 삶이란 그런 일상을 이어가는 것이니 그렇게 믿을 수밖에.

生
연어회
충무 연어
두루치기
노래방
연어

나진금속

일곱 번째 골목

문래 창작촌

공장과 공방

"이쪽이야. 계단 조심하고."

머리숱이 듬성듬성한 부동산 사장의 사근한 말에 종혁은 퍼뜩 정신을 차렸다. 앞장선 부동산 사장은 이미 계단을 올라간 상태였다. 시멘트로 발라 대충 만든 계단의 틈새에는 잡초들이 비집고 나왔다. 계단을 올라가자 좁은 골목길이 모습을 드러냈다.

"거미줄 같네."

잠시 걸음을 멈추고 중얼거리는 데 앞장선 부동산 사장이 작은 철공소에서 불쑥 튀어나온 아저씨와 얘기를 나누는 게 보였다. 거리를 약간 둔 채 지켜보는데 철공소 아저씨가 종혁을 힐끔 보고는 낮은 목소리로 묻는 소리가 들렸다.

"누구야?"

"예술가래."

"뭐? 여긴 왜?"

"공방인지 뭔지를 알아본다고 해서 데려왔어."

"여기에?"

철공소 아저씨의 대답에는 어처구니없다는 표정도 함께 딸려왔다. 슬쩍 종혁의 눈치를 살핀 부동산 사장이 철공소 아저씨의 어깨를 치면서 속삭였다.

"이따가 저녁에 꼼장어 어때?"

"아유, 좋지."

"자네 공장도 내놓는다며?"

"산다는 사람만 나오면 팔아야지."

긴 한숨과 함께 대답한 철공소 아저씨가 종혁을 힐끔 보고는 철공소 안으로 도로 들어갔다.

부동산 사장이 윗주머니에서 한라산 담배를 꺼내어 불을 붙였다. 담배 냄새라면 질색인 종혁은 얼굴을 찌푸렸지만 군말 없이 따라갔다. 홍대 쪽 작업실을 빼야 하는 상황이 코앞에 다가왔기 때문이다. 집주인이 월세를 세 배로 올려주든지 나가라는 말을 들은 지 두 달이 넘었다. 작업실을 빼긴 해야 하고 멀리 가긴 싫고 모은 돈은 없는 상태였는데 술자리에서 만난 아는 작가의 선배가 문래동 쪽을 알아보라고 얘기한 것이다.

"딱, 거기라니까."

"거기 공장들 있는데 아닙니까?"

"야, 홍대는 원래 안 그런 줄 알아? 여기도 지하철 뚫리기 전까지는 한적했었어. 그러니까 공방들이 들어올 수 있었지."

홍대 토박이를 자처하는 친구의 선배가 침을 튀기면서 얘기했다.

종혁은 어차피 이판사판이라는 심정으로 선배가 알려준 부동산을 찾아갔다. 의자에 앉아 곧 개최될 2002 월드컵에 대해 떠드는 TV를 보던 사장은 대뜸 좋은 매물이 있다면서 밖으로 나왔다. 종혁은 떨떠름한 표정으로 따라나섰다.

종혁의 속마음을 아는지 모르는지 부동산 사장은 자꾸만 골목 안으로 들어갔다. 지잉거리며 기계가 돌아가는 소리, 일본어와 한국어가 반반인 대화 소리와 욕설을 입에 달고 사는 일꾼들의 목소리가 귓가를 스쳤다. 집들도 꽤 낡고 오래되어서 처마에 거미줄이 앉아있거나 벽에 새까만 기름때가 끼어있기 일쑤였다. 벽에는 영등포에 있는 나이트클럽 벽보들이 덕지덕지 붙어있었는데, 연예인들이 활짝 웃는 얼굴 아래 웨이터들의 이름과 휴대폰 번호들이 낙인처럼 찍혀있었다. 미로 같은 골목길로 더 들어가자 이제는 문을 연 공장조차 보이질 않는다. 지저분한 알루미늄 새시 문이 굳게 닫힌 공장들 사이를 지나 막다른 골목길에 도착했다. 흙만 남은 화분들이 옹기종기 모여있는 전봇대를 지나자 검은색 시트지가 칠해진 공장 출입구가 보인다.

"여깁니까?"

종혁의 물음에 부동산 사장이 고개를 끄덕이며 새시 문을 열었다. 굉음을 내며 열린 공장 안은 어두컴컴했다. 부동산 사장이 손으로 휘휘 먼지를 내저으며 라이터를 켰다. 안쪽 공간이 생각보다 넓어 종혁은 흠칫 놀랐다. 이 정도면 옮겨오고 싶어 하는 친구들까지 데리고 와도 될 정도였다. 거기다 한쪽 벽에는 2층으로 올라가는 철제 계단이 보였다.

"복층이네요."

종혁의 물음에 부동산 사장이 대답했다.

"여긴 다 복층이야. 옛날에 시골에서 올라온 직원들이 먹고 잘 공간이 필요했거든. 어차피 바깥에 자주 드나들 거 아니잖아. 골목 끝이라 조용하고 아늑할 거야."

틀린 얘기는 아니라서 종혁은 관심이 동했다.

"임대료는 얼마나 될까요?"

"평당 만 원. 여기 사장이랑 내가 고등학교 동창이라 특별히 가지고 있다가 소개하는 거야."

머리로 계산을 한 종혁은 기분이 좋아졌다. 영등포나 홍대에 가깝고 공간이 엄청나게 넓은데 임대료는 홍대와는 비교할 수 없을 정도로 쌌기 때문이다. 갑자기 조급해진 종혁이 물었다.

"제가 내일까지 생각해보고 결정할게요. 그전에는 딴 사람 보여주시면 안 됩니다."

"걱정 말라고."

부동산 사장이 의뭉스러운 얼굴로 대답했다. 종혁은 얼른 친구들과 상의해봐야겠다고 마음먹었다.

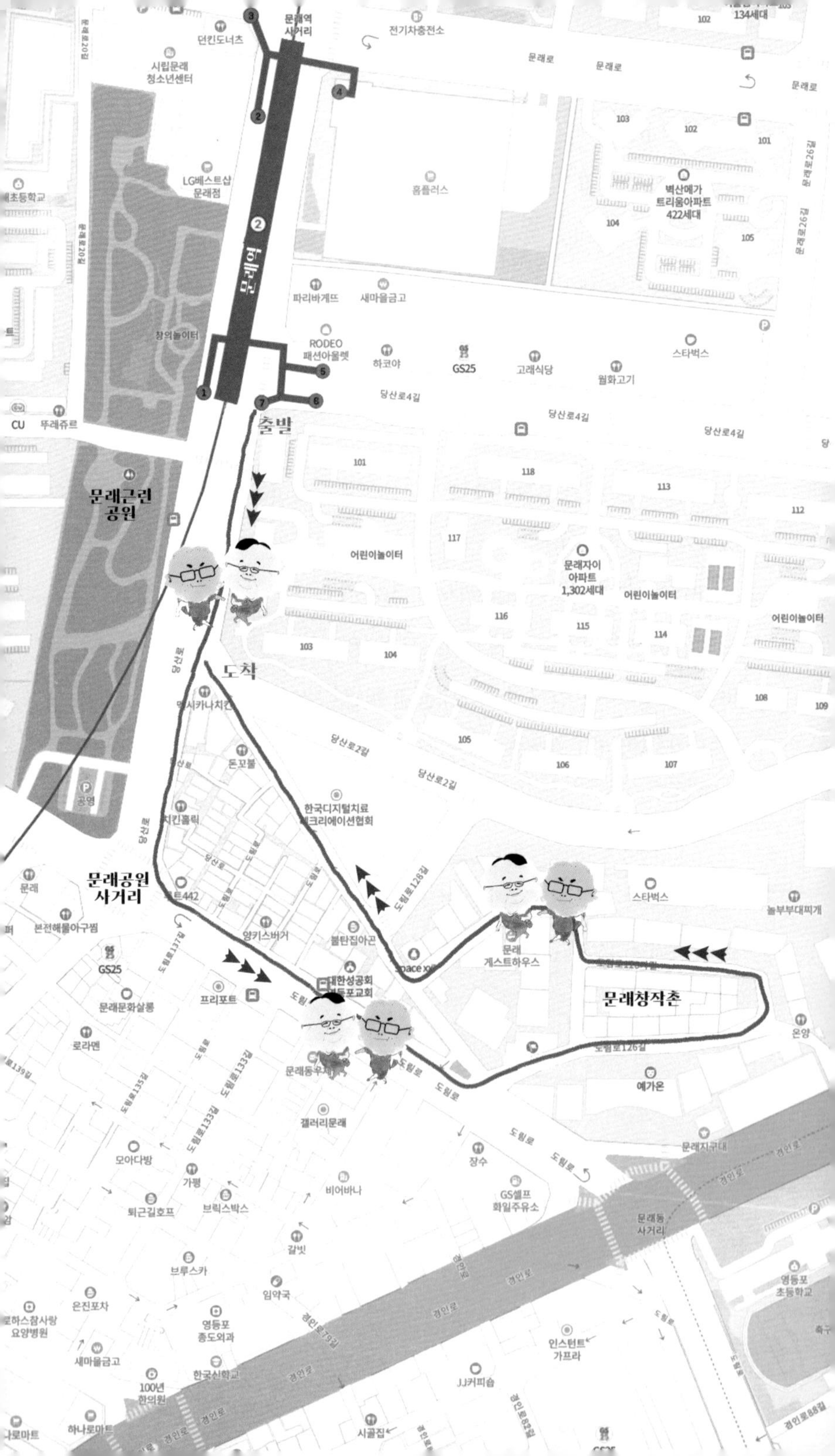

문래역
사거리
던킨도너츠
시립문래
청소년센터
전기차충전소
문래로
홈플러스
벽산메가
트리움아파트
422세대
LG베스트샵
문래점
문래로20길
문래로26길
파리바게뜨
새마을금고
창의놀이터
RODEO
패션아울렛
하코야
GS25
고래식당
월화고기
스타벅스
당산로4길
CU
뚜레쥬르
출발
문래근린
공원
문래자이
아파트
1,302세대
어린이놀이터
당산로
도착
멕시카나치킨
돈꼬볼
당산로2길
한국디지털치료
레크리에이션협회
치킨홀릭
공영
문래공원
사거리
문래
본전해물아구찜
GS25
양키스버거
불탄집아곤
도림로128길
문래
게스트하우스
스타벅스
놀부부대찌개
문래청작촌
대한성공회
영등포교회
프리포트
문래문화살롱
로라멘
도림로137길
문래동우체국
도림로126길
온양
예가온
도림로
갤러리문래
도림로133길
도림로135길
도림로139길
모아다방
가평
장수
비어바나
GS셀프
화일주유소
문래지구대
퇴근길호프
브릭스박스
갈빗
문래동
사거리
브루스카
경인로
영등포
초등학교
은진포차
임약국
영등포
종도외과
새마을금고
한국신학교
100년
한의원
인스턴트
가프라
JJ커피숍
경인로79길
경인로82길
경인로88길
하나로마트
시골집

◦ 정명섭 篇

— 홍대와 문래동

몇 년 전 우연히 들린 문래동에서 큰 충격을 받은 적이 있다. 통탕거리며 쇠를 다루는 공장 옆에 그림을 그리고 전시하는 갤러리 같은 곳이 아무렇지도 않게 같이 있었기 때문이다. 마치 보신탕 가게와 애견 샵이 나란히 있는 것을 인터넷에서 봤을 때의 충격과 비슷했다. 어울릴 법하지 않은 두 개의 세계가 공존하게 된 까닭은 바로 돈 때문이다. 지금은 사람들로 북적이지만 예전의 홍대는 한산하고 조용한 동네였다. 1984년 지하철 2호선이 개통되면서 사람들의 발길이 닿기 시작했을 뿐 번화가와는 거리가 멀었다. 한적한 주택가에 홍대 출신 예술가들의 갤러리나 공방, 그리고 그들을 상대로 미술 재료를 파는 화방들이 있던 곳이다.

그러다가 1994년 성수대교 붕괴로 강남으로의 발걸음이 어려워지고 인디밴드들이 자리 잡기 시작하면서 홍대는 차츰 문화와 예술의 중심지가 된다. 여기에 2000년대부터 본격적인 클럽들이 생겨나고 외국인들까지 가세하면서 오늘날 우리가 아는 홍대가 완성되었다.

찾아오는 사람이 늘어나면서 홍대 영역은 계속 확장되어 합정과 상수 지역은 물론 망원동 일대까지 포함되었다. 최근에는 연남동과 동교동 일대까지 확장되는 추세다. 대형 쇼핑몰은 물론 독특한 카페와 음식점들이 생겨나고 버스킹과 클럽 문화가 자리 잡으면서 홍대는 명실상부한 젊은이의 거리이자 강북 최대의 번화가가 되었다.

반면, 문래동의 시작은 홍대와는 비교할 수 없을 정도로 오래되었다. 원래 이곳은 사람이 살지 않는 허허벌판이었다. 우리의 상상과는 달리 조선 시대 상당수의 벌판은 버려졌다. 제방을 쌓을 기술이 부족했기 때문에 강이 범람하면 막을 방법이 없었던 것이다. 문래동 일대 역시 근처의 안양천과 도림천이 범람하면 침수되는 지역이라 갈대밭만 무성한 곳이었다. 강가라서 모래가 많았던 탓에 '모랫말'이라 불렸고 한문으로는 '砂川里(사천리)'라고도 했다. 아울러 지금은 서울이지만 당시에는 경기도 시흥군에 속했다.

그런 문래동 일대에 사람이 살기 시작한 것은 일제강점기 이후 공장이 들어서면서부터다. 넓은 벌판은 공장들이 들어서기 좋았고, 범람하기 일쑤였던 강은 풍부한 공업용수의 공급처가 되었기 때문이다. 일본은 영등포 지역을 공업의 중심지로 만들

생각이었는데 근처에 있던 문래동 역시 그 여파가 미쳐 모래투성이인 강가에 공장들이 쭉 들어선 것이다. 이 공장들은 대부분 영등포처럼 방직공장이어서 '명주실을 만드는 집'이라는 뜻을 담아 '사옥정(絲屋町)'이라고 불렀다.

일제강점기 후반 문래동 일대는 영등포와 함께 경성부로 편입되었다가 광복 이후 '사옥동'으로 불린다. 그러다가 일본 이름의 흔적을 버리고 '문래동'이라는 우리 이름으로 돌아온 것이다. 문래동이라는 지명은 두 가지 유래가 있는데, 하나는 모랫말에서 유래되었다는 것이고 또 다른 하나는 목화를 처음 들여왔다고 전해지는 문익점과의 연관성에서 찾는다. 하지만 이는 민간에서 전해지는 전승에 가깝기 때문에 사실이 아닐 가능성이 높다.

방직공장이 사라지고 이곳에 철공소들이 들어오기 시작한 것은 1960년대부터 본격적으로 조성된 경인 공업단지의 영향과 관련이 있다. 서울과 가까운 인천을 통해 원료를 수입하고 완제품을 수출하기 위해 구로공단이 대규모로 조성되고 영등포와 문래동 일대에 공장이 들어서기 시작했는데, 특히 영등포 일대에 기계공업 단지가 조성된 터라 문래동에 철공소가 들어선 것이다. 공단의 배후지로서 영등포와 가깝고 일제강점기에 만들어진 공장 건물들을 하청공장으로 이용할 수 있었기 때문이다. 실제로 문래동을 걷다 보면 일본식 가옥과 공장 건물들을 어렵지 않게 볼 수 있다.

문래동 전성시대는 1970년대였다. 정부의 정책에 의해 왕십리 일대에 있던 철공소들이 이전해왔기 때문이다. 지리적 이점에 정부의 지원까지 받게 되면서 이 일대에는 수백 개의 공장이 들어섰다. 지금은 주로 철공소들이 남아있지만 당시에는 알루미늄과 기계 부품을 만드는 공장도 적지 않았다. 노동집약적인 산업이다 보니 노동자들이 계속해서 모여들었고 자연스럽게 주변에는 이들을 위한 거주지역이 조성되었다.

1960년대 문래동은 공장에서 발생한 매연 탓에 주민들이 숨을 쉬기 어려울 정도였다. 고철 업체에서 실수로 포탄을 분해하다가 폭발해서 사망사고가 발생하기도 했다. 이렇게 철이 지배하던 문래동에 변화가 찾아온 것은 1990년대다. 서울의 인구가 늘어나면서 자연스럽게 큰 규모의 공장들이 외곽으로 이전했고, 특히 1960년대 공단이 조성될 때부터 제기되었던 환경오염 문제가 이때까지 끈질기게 주민들을 괴롭혔기 때문이다. 1991년 9월 3일 자 한겨레신문은 문래동 일대의 중금속 오염도가 전국 최고라는 뉴스를 전했다. 아마 두 달 전인 7월, 시청 앞에 있던 대기오염 전광판을 교체하면서 문래동으로 옮긴 것과 연관이 있을 것이다. 결국 큰 공장들이 경기도 안산 일대로 이전하면서 철의 전성기는 막을 내린다. 2000년대에 접어들면서 철의 몰락은 더욱 가속화되었다. 땅값이 오르면서 주변으로 슬금슬금 아파트와 빌딩들이 들어선 것이다. 먼지와 공해의 주범으로 전락해버린 문래동에 예술이라는 벌이 날아든 것도 바로 이때부터였다.

— 철과 예술의 만남

자유분방한 예술의 상징이었던 홍대는 2000년대에 들어서면서 극심한 젠트리피케이션에 시달리게 된다. 젠트리피케이션은 개발이 되지 않은 낙후된 지역이 사람들의 주목을 받으면서 핫 플레이스로 변모한 걸 가리킨다. 상류층이자 신사를 뜻하는 젠트리gentry에서 파생된 용어로 언뜻 보면 나쁜 의미가 아니다. 하지만 상류층이 드나들다 보면 그들에게 걸맞은 곳으로 탈바꿈되어야 하니 기존에 살던 주민이나 상인들이 밀려날 수밖에 없다. 물론 버틸 수는 있지만 임대료 폭탄을 맞으면 오래 버티기 어렵다. 국내에서는 주로 특정 지역이 인기를 끌면서 임대료가 올라 기존에 있던 주민과 상인들이 밀려나는 현상을 의미한다. 한옥이 밀집해있던 익선동이나 경리단길, 이태원 등이 대표적인 젠트리피케이션 지역인데, 홍대는 이런 지역들보다 먼저 이 문제를 겪었다.

갤러리나 작업 공방이 있던 한적한 주택가에 클럽들이 들어서고 온갖 음식점들이 자리 잡으면서 홍대 일대의 임대료는 가파르게 상승했다. 별다른 상업 활동을 하지 못했던 예술가들에게 하루가 다르게 올라가는 임대료와 시끌벅적한 분위기는 견

디기 어려운 일이었다. 결국 예술가들은 자의 반 타의 반으로 탈출을 해야만 했는데 그 탈출 장소가 바로 문래동이다. 당시 폐업을 한 빈 공장이 많아 임대료가 상대적으로 저렴했고 홍대와 가깝다는 것도 이유 중 하나였다.

2000년대 이후 홍대에서 문래동으로 이주하는 예술가가 늘었고 2007년에는 폭발적으로 증가했다. 비슷한 시기 각 지방자치단체에서는 낙후된 지역을 살리기 위해 예술가들을 이주시키고 지원하는 정책들을 시행했으나, 문래동은 이런 지역들과는 달리 예술가들이 소규모 모임과 인맥을 통해 알음알음 이주해서 자리를 잡았다는 특징이 있다. 서로 절박한 상황에 부닥친 양쪽의 만남은 문래창작촌이라는 독특한 개성의 동네를 만들어냈다. 철공소와 갤러리가 공존하는 골목길을 처음 갔을 때의 신선한 충격을 잊지 못한다. 하지만 골목길은 무슨 일이든 일어날 수 있고 어떤 풍경이든 이상하지 않은 포용의 공간이므로 곧 익숙해졌다.

— 문래역 7번 출구

물레가 전시되어있는 문래역 7번 출구로 나오면 도로 건너편에 문래 근린공원이 보인다. 이곳에도 커다란 물레가 전시되어있다고 하는데 따로 가보지는 않았다. 우리는 7번 출구에서

망치 모양의 벤치

철공소가 많은 문래동의 정체성을 잘 드러낸다.

나와 편의점과 부동산, 아파트를 지나 직진하여 당산로와 당산로2길로 나누어지는 교차점에 도착했다. 횡단보도를 지나 옆길을 무시하고 직진하면 슬슬 조짐이 보인다. 기사식당과 치킨집을 지나면 '○○정밀'이나 '○○이엔지' 같은 생소한 이름의 간판이 보이기 시작한다. 두 자루의 망치를 교차해서 만든 길가의 벤치가 철공소들이 모여 있는 문래동의 정체성을 잘 드러내고 있다.

여기서 다시 직진하면 이번에는 문래공원 사거리에 도착한다. 여기서 횡단보도를 건너지 않고 오른쪽으로 튼다. 절단, 파이프, 샤링 같이 평소 접하지 못한 단어들이 쓰인 간판들이 보인다. 그

문래동 골목길

오래된 단층 골목길 안이 고즈넉하다.
꽃나무가 심어진 화분이 오래된 주민처럼 느긋하게 햇볕을 쬐고 있다.

리고 그사이에 우쿨렐레를 가르치는 교습소와 바가 자리 잡고 있다. 그 가게들 사이사이 혈관처럼 퍼져있는 골목길로 들어서면 기묘한 문래동의 모습을 좀 더 내밀하게 볼 수 있다.

안쪽은 대부분 오래된 벽돌 단층 건물들이 자리해 있다. 중간중간 일제강점기나 그 직후에 지어진 것 같은 더 오래된 건축물들이 있다. 골목길에 있는 대부분의 철공소는 대낮인데도 셔터가 내려져 있다. 셔터가 내려진 공장들 사이에 새로 자리 잡은 카페와 음식점들이 보인다. 프랜차이즈가 아닌 상점이 많아 아기자기하고 독특한 인테리어와 장식들이 눈에 띈다. 골목길 안에 있는 상점만의 분위기를 구경하는 재미가 있다.

오래된 목조 주택 처마에 나무로 만든 고양이가 있고, 작지만 멋진 정원이 있는 서점을 구경하다 보면 좀 더 깊숙한 골목길로 자연스럽게 들어서게 된다. 골목길 끝에는 높다란 오피스텔이 있다. 그 모습이 마치 언젠가는 이 골목길을 집어삼키고야 말겠다는 자본의 모습처럼 다가왔다. 하지만 골목길은 그러거나 말거나 고즈넉했다.

해방촌이나 다른 곳의 골목길처럼 이곳 문래동의 골목에도 꽃나무가 심어진 화분들이 한쪽 구석을 차지하고 있었다. 그들은 마치 오래된 주민처럼 느긋하게 햇볕을 쬐면서 호기심 어린 눈길로 바라보는 느낌이다. 골목길 곳곳에는 예술가들이 그려놓은 벽화와 심상치 않은 간판들이 보인다. 이곳에 이주한 예술가들이 문래동에 다가가기 위한 흔적이다. 아울러 모두에게 초상권

처마 위의 고양이
나무로 만든 두 마리의 고양이가 정겹게 바라보는 듯하다.

우산이 그려진 벽화
누가 그렸을까?
유머와 센스가 돋보이는 그림이
웃음을 짓게 한다.

이 있으니 사진을 찍을 때 조심해달라는 재치 있는 문구가 적힌 안내판도 붙어있었다. 언뜻 보면 지저분하고 정리가 안 된 것처럼 보이지만 골목길은 넥타이처럼 목을 조이는 빌딩촌과는 달리 마음이 편안해져서 좋다.

미로 같은 문래동의 골목길을 탈출해서 다시 큰길로 나오면 은행 앞에서 지친 다리를 쉬고 있는 인형 아저씨가 나타난다. 손에 꽃을 들고 벤치에 앉아있는 인형 아저씨는 온몸이 쇠로 되어있는데 눈과 바람 때문인지 군데군데 녹슬고 칠이 벗겨졌다. 그래서 더욱 문래동에 어울리는 게 아닌가, 라는 생각을 하면서 발걸음을 문래 창작촌으로 옮겼다.

— 교집합

문래 창작촌이 있는 골목길은 앞서 걸었던 골목길보다 몇 배는 더 오래되어 보였다. 앞서 돌아봤던 골목길은 그래도 카페와 음식점이 중간중간 있었지만 이곳은 철공소들이 압도적으로 많았다. 거기다 대부분 작업을 하고 있어서 활기는 한층 더했다. 하지만 예술가들의 흔적은 쉽게 찾아볼 수 없어서 처음 오면 잘못 왔다는 느낌을 받을 수 있다.

이곳은 철공소와 예술가들이 한층 더 친밀하게 지내고 있다. 1층은 철공소가 있고, 2층은 철공소 사무실로, 3층과 4층은 예

꽃을 든 인형 아저씨

군데군데 녹슬고 칠이 벗겨졌지만 그래서 더욱 문래동에 어울린다.

술가들의 창작공간이나 거주공간으로 이용된다. 지하나 옥상은 전시공간으로 사용 중이다. 그러니까 사전적 의미가 아닌 실질적으로 공존하는 것이다. 서로 낯선 존재들이 모여 있는 상황은 공존보다는 교집합이 더 어울린다고 생각하는데 이곳 문래 창작촌에서는 그 단어가 확연히 떠오를 만큼 서로가 밀접하다는 느낌을 받았다.

실제로 문래 창작촌은 예술가들의 자연스러운 이주로 시작되었기 때문에 정부나 지자체의 지원으로 시작된 다른 창작촌과는 조금 다른 모습이다. 이곳 예술가들은 눈에 띄는 예술작품을 앞세워 존재감을 내보이는 대신, 보이지 않는 곳에서 예술혼을 불태운다. 그래서 이곳에서 오히려 눈에 띄는 건 예술작품이 아닌 술집을 비롯한 음식점들이다. 어쩌면 이렇게 교묘하게 자리를 잡았을까? 감탄사가 나올 정도로 곳곳에 특이하고 재미난 곳이 많다. 이 상점들은 철공소들이 한창 바쁘게 일하는 낮에는 커튼을 쳐놓고 잠들어 있다가 밤이 되어 철공소가 잠이 들면 눈을 뜨는 비밀 공간 같다.

녹이 잔뜩 슨 철판과 거대한 기계들, 오랜 세월을 이기지 못해서 껍질이 벗겨진 간판, 벽체의 타일이 군데군데 떨어진 건물에서 이 골목이 지나온 세월의 무게가 느껴진다. 마치 〈응답하라〉 시리즈를 직접 들여다본 듯하다.

예술과 일상이 공존하고 철과 문화가 교차하는 이곳은 어쩐지 모든 걸 품어주는 골목길과 닮아있다. 녹슨 철이 쌓인 철공소와 게스트하우스가 마주하고, 예술작품들이 전시된 옥상이 있는 문래 창작촌은 끝이 보이지 않는 바다와 같다. 골목길이 끝나는 지점에서 다른 곳으로 이어지는 골목길. 그리고 그 옆에는 어느 예술가가 그려놓은 늑대가 파이프 뒤에 숨어서 낯선 여행자를 바라보고 있다.

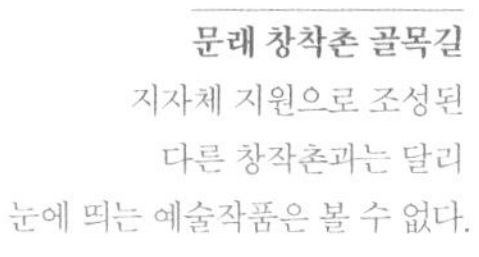

문래 창작촌 골목길

지자체 지원으로 조성된
다른 창작촌과는 달리
눈에 띄는 예술작품은 볼 수 없다.

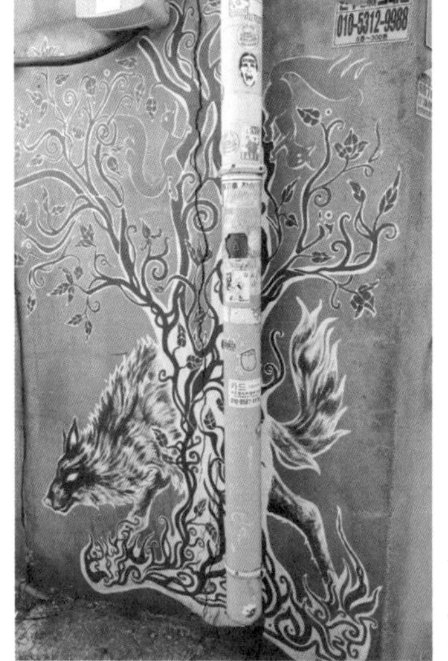

늑대 벽화

어떤 예술가의 작품일까?
멋진 벽화가 발걸음을 멈추게 한다.

한영
대신

◦ 김효찬 篇

21세기 대한민국이지만, 아직도 예술은 그 옛날 아버지의 반대만큼이나 배고픈 일이다.
십여 년 전 그림 그리는 모임에 있었다. 우리는 공동으로 사용하는 작업실 한 칸을 운영했는데, 2년마다 재계약 시점이 돌아오면 세가 더 싼 동네를 찾아 유목민처럼 떠돌기를 반복했었다. 문래동에 들어오던 해도 몇 곳이나 떠돌던 참이라 계약을 한 것 자체만으로도 모두 기뻐했다.
그리고 몇 년 후, 문래동 공동 작업실은 우리 모임에 있어 마지막 작업실이 되고 말았다.

당시 우리 모임은 20대에서 40대 사이의 남녀 스무 명 정도가 회원으로 있었다. 우리는 주로 거리에 앉아 고양이나 풀 같은 걸 관찰했다. 그러다가 그걸 그리기도 했고 그 그림들을 책으로 묶어 우리의 존재를 알리려고도 했다.
또 어떤 날은 나이에 안 맞게 '다방구'를 하거나 '무궁화꽃이 피었습니다' 같은 것을 하며 시간을 흘려보내기도 했다.
유치하고 이상한 어른들, 우리는 그런 취급을 받았지만 오래지 않아 문래동엔 우리처럼 유치하고 이상한 어른들이 계속 모여들어 어떤 공기 같은 덩어리가 만들어졌다.
그런 공기 같은 덩어리를 사람들은 '문화'라고 했고 그 속에 있는 우리를 보고 '유니크'하다고 했다. 또 어떤 아저씨는 '말세'라고도 했다. 당시 문래동엔 유니크한 문화가 형성되고 있던 것이다.
자본주의 사회에서 한 동네에 유니크한 문화가 형성된다는 건, 그 동네에서 활동하는 유치하고 이상한 어른들에겐 곧 말세가 온다는 것을 의미했다.

〈젠트리피케이션〉

다방구를 즐기던 우리는 이 긴 단어를 알지 못했다.

44

멸종을 맞이하는 어떤 종의 생물처럼 이유도 모른 채 변두리 공장 터로 몰리다가 결국 문래동에서 끝이 나고 말았던 것이다. 나는 시간이 아주 많이 지나 조금 영리해졌을 때에야 비로소 그걸 알 수 있었다. 어쩐지 세련되어 보이는 이 단어를 외우고 이해하는 데만 며칠이 걸렸었다.

코로나19 때문인지 아니면 젠트리피케이션의 끝물인지 가을 문래동 거리는 어느 시골의 황소처럼 느린 시간이 흐르고 있었다. 내가 알던 문래동에서는 가을 오후 2시가 되면 대여섯 명 정도가 골목에 모여 그림을 그리고 공방에선 은으로 된 장신구나 놋으로 만든 커피 주전자가 한 개는 만들어졌어야 하는데, 나는 노란 빛이 조용한 문래동 오후가 낯설기만 했다.

답사를 마칠 무렵 빨간 녹이 훈장 같은 어떤 철공소에 눈길이 갔다. 거칠게 한 시대를 움직였을 기계에는 거미가 집을 짓고, 그 아래로 사장님의 하얀 낮잠은 철근보다 무겁다.
한 시대가 휩쓸고 지나간 문래동은 햇빛이 노란 채 무겁고 이상한 빙하기로 접어들고 있었다.

여덟 번째 골목

동묘 벼룩시장

축구공

지하철 동묘앞역에서 내린 두 사람은 3번 출구로 나와 시끌벅적하고 왁자지껄한 소리가 들리는 동묘 쪽으로 발걸음을 옮겼다. 주말이라 한층 더 붐비는 동묘 벼룩시장을 본 박 씨가 말했다.

"여기가 우리가 장사할 곳이야."

잔기침을 내뱉은 외팔이 황 씨의 말에 친구인 박 씨가 한숨을 쉬었다.

"여기가 마지막이었으면 좋겠는데 말이야."

종삼에서 구두닦이를 하다가 그곳이 없어지고 난 후, 외팔이 황 씨는 주변에서 돈을 꿔서 청계천에서 노점을 했다. 얼마 후 옆의 빈자리에 박 씨의 리어카가 자리를 잡았다. 석촌 호수 근처에서 분식을 팔다가 단속이 심해지자 그나마 상황이 나은 청계천 쪽으로 옮겨온 것이다.

청계천에서 신발이랑 잡화를 파는 노점상을 하던 두 사람은 고향이 같고 나이도 동갑이라 어느새 친해져 구청에서 단속이 나오면 서로 물건을 챙겨주곤 했다. 특히 같은 손수레 보관소를 쓰면서 더 친해졌다. 서울시장이 청계천을 복원한다고 해서 두 사람을 비롯한 노점상들의 발등에는 불이 떨어졌다. 노점상들은 생존권 보장을 요구했지만 잘 먹히지 않았다. 결국 비어있는 동대문 운동장이나 성동공고 뒤편의 공터로 이전해야만 했다.

담배꽁초와 침으로 범벅된 도로에 팽하고 코를 푼 박 씨가 오가는 사람들을 보면서 중얼거렸다.

"풍물시장으로 만든다는 동대문 운동장보다는 나아 보이네. 오가는 사람도 많고 도로도 널찍하고. 텃세는 어때?"

"큰길 쪽은 토박이들이 꽉 잡고 있지. 그래도 저기 안쪽은 좀 나은 편이야."

"젠장, 우리가 무슨 축구공도 아니고, 이리 뻥 저리 뻥이야."

박 씨의 재치 있는 입담에 외팔이 황 씨가 헛웃음을 지었다.

"온 김에 한 바퀴 둘러보고 갈까? 혹시 더 나은 자리가 있을지 모르잖아."

"그러든가."

겨울 초입이라 쌀쌀한 바람이 두 사람의 손을 점퍼 주머니에 푹 찔러 넣게 했다. 인도에 파란색 천막 비닐을 깔고 옷을 산더미처럼 쌓아두고 파는 노점상에는 털모자와 목도리로 무장한 외국인 노동자들이 모여서 옷을 고르는 중이다. 옷 중에는 올여름에 유행했던 'Be the Reds' 셔츠가 눈에 많이 띄었다.

"저 옷들은 다 어디서 오는 거야?"

닉 씨의 물음에 외팔이 황 씨가 그쪽을 힐끔 보고는 대답했다.

"잠실이나 강남 아파트 같은 데서 주민들이 버린 옷 중에 쓸 만한 걸 가져오나 봐. 아니면 외국에서 킬로그램 단위로 수입하든가."

"우리 때는 없어서 못 입었는데 요즘은 버리는 게 저리 많구먼."

박 씨의 얘기를 들으며 도로에서 안쪽으로 들어섰다. 동묘 담장 앞에 이동식 옷걸이를 세워놓고 옷을 진열해놓은 노점상들이 있었다. 이들을 지나 동묘 입구 쪽 샛길로 가보니 거긴 더 많은 사람이 엉켜있었다. 유심히 지켜보던 박 씨가 말했다.

"입구 쪽은 옷을 파는데 여긴 파는 물건이 다양하네."

"여긴 원래 시장이 있던 자리라서 말이야."

어디선가 구수한 트로트 음악이 흘러나오자 박 씨가 그쪽을 바라보았다. 사거리에 부추전과 막걸리를 파는 노점이 보였다. 그걸 보고 군침을 흘린 박 씨가 옆구리를 찔렀다.

"출출한데 한잔할까?"

외팔이 황 씨가 대답 대신 고개를 끄덕이자 박 씨가 그쪽으로 걸어갔다. 때마침 빈자리에 비집고 들어간 박 씨가 매직으로 쓰인 차림표를 보더니, 번철에 부추전을 부치는 주인아주머니에게 주문을 했다.

"여기 부추전 하나랑 막걸리 하나 주쇼."

"네."

느릿하게 대답한 주인아주머니가 한 손으로 부추전을 뒤집으면서 아래쪽에서 막걸리 하나를 꺼내어 능숙하게 흔들었다. 그리고 옆에 서 있는 외팔이 황 씨에게 건네다가 한쪽 팔이 없는 걸 보고는 미안한 표정을 지었다.

"아이고, 죄송합니다."

"아니외다. 하루 이틀 일도 아닌데 뭐."

상대방이 미안해하는 걸 더 민망해한 외팔이 황 씨 대신 막걸리를 건네받은 박 씨가 끼어들었다.

"이 사람이 상이용사야. 상이용사."

"아이고, 민망하게 그러지 마."

외팔이 황 씨가 뒤늦게 만류했지만 이미 늦고 말았다. 주인아주머니는 물론 옆에서 막걸리나 소주를 마시고 있던 손님들이 제각각 한마디씩 하면서 아는 척을 했던 것이다.

동묘앞역
도착
출발
동묘 벼룩시장
동묘공원
서울동묘공원
숭인
풍물시장
난계로 27길
동묘한옥마을
동묘옛장터
종로 58길
보물길
지봉로4길
청계천로
공릉동원조멸치국수
동묘백숙닭국수
통밀로만
북창면옥
실내포장마차
황소집
공이네파전
삼오여관
두원공조시스템
해물원칼국수
영도슈퍼
종로자전거
옛날국밥집
동묘파출소
블루빌
혜태유통
한길상사
도깨비낚시
할인마트
종로산업
정보학교
성실관
오디세이학교
서울다솜관광
고등학교
로마빈티지
금융상사
동묘식품
오일육
책읽는마을
페르마타
동묘시계
동일상가
한일전기
유럽직수입
총판
왕산골도넛츠
씨엔케이알
경동산업
멸치와국수
청계빌딩
빈티지세븐
동묘공구
한일사
동묘레트로
중앙상회
정선여인숙
대경냉열
북경골동만물
큰사랑교회
삼일아파트
남도풍물동태탕
구제스토리
공인중개사사무소
청계부동산
롯데할인마트
CU

° 정명섭 篇

— 관우가 동쪽으로 간 까닭은?

정유재란이 막을 내리고 몇 년 후인 1602년 즈음, 동대문 밖에 관우의 사당이 세워진다. 삼국지의 등장인물이며 도원결의를 했던 삼 형제 중 한 명이던 관우는 그 후로도 오랫동안 중국인의 존경과 사랑을 받아왔다. 특히 청룡언월도를 휘두르며 적진을 누비는 모습과 형님이자 황제인 유비에게 충성을 바치는 것에 매혹되어 차츰 숭배의 대상이 된다.

그래서 명나라 장수들은 관우를 신으로 모시면서 그의 용맹이 자신에게 옮겨지고 명성을 떨치기를 바랐다. 이런 관우 숭배 사상은 임진왜란과 정유재란으로 명나라군이 넘어오면서 조선에도 전해졌다. 임진왜란을 배경으로 한 작자 미상의 고전소설인 《임진록》에서도 조선이나 명나라군이 위기에 처할 때마다 홀연히 나타난 관우가 왜군을 물리치는 장면이 나온다.

조선으로 돌아온 명나라 장수들은 주둔지 곳곳에 관우의 사당을 세우면서 왜군과의 싸움에서 승리하기를 기원했다. 그리고 한발 더 나아가 조선의 조정에 관왕묘를 세워 달라고 요청했다. 성리학 중심의 조선에서는 일개 무장의 사당을 세우는 것에 대해 거부감을 드러냈다. 거기다 전쟁의 피해가 워낙 커서 궁궐조차 복구하지 못하는 마당에 새로운 건축물을 짓는 것에 대한 부담도 적지 않았다. 하지만 당시 조선에 출병한 명나라 장수들의 요청을 거절할 수는 없었다.

양측의 신경전은 관왕묘의 위치를 잡는 것에서부터 시작되었다. 명나라 측에서는 관왕묘를 남대문 밖에 짓고 싶어 했고 조선에서는 동대문 밖에 짓고 싶어 했다. 풍수지리까지 따지는 지루한 논의 끝에 나온 결론은 양쪽 다 짓는 것이었다. 조선이 제시한 동대문 밖 영도교 옆에 지어진 것을 '동쪽에 지어진 관왕묘'라고 해서 '동관왕묘'로 부르다가 '동묘'라고 줄여 불렀다(마찬가지로 남대문 앞에 지어진 관왕묘는 '남관왕묘' 또는 '남묘'라 부른다.).

장소를 결정하는 데도 시간이 오래 걸렸지만 짓는 과정도 만만치 않았다. 왜군이 한양을 점령하면서 경복궁을 비롯한 궁궐과 종묘를 모두 태워버리는 바람에 몽진에서 돌아온 선조는 월산대군의 집을 행궁으로 삼아서 머물러야 할 지경이었다. 이후에도 전쟁이 오랫동안 지속되면서 나라의 재정이 피폐해진 상태라 새로 사당을 짓는 것은 큰 부담이었다. 하지만 명나라 황제인 만력제가 금 4,000냥을 내리면서 공사를 재촉했고 조선에 온 명나라 장수들도 각자 기부를 하면서 결국 관왕묘 공사가 시작된다. 그렇게 해서 1602년 결국 정전을 포함해서 백여 칸에 달하는 동관왕묘가 완성된다(남관왕묘는 이보다 앞선 1598년에 지어졌다.).

우여곡절 끝에 짓기는 했지만 조선이 딱히 애정을 품고 있던 곳은 아니어서 명나라 장수들이 귀국하자 동관왕묘는 사실상 버려지게 된다. 관리가 소홀해진 동관왕묘는 금방 파손되었고 광해군과 인조 대가 되어서야 겨우 수리를 했다.

그런 동관왕묘에 눈길을 준 이가 바로 숙종이다. 인현왕후와 장희빈, 숙빈 최씨 사이를 오락가락한 우유부단한 임금처럼 평가되지만 사실 그는 냉혹한 군주였다. 자신의 정치적 입지를 위해 세 여인 사이를 오갔고 총애와 관심이 옮겨질 때마다 환국과 숙청 같은 파란이 일어났다. 그런 숙종의 눈에 동관왕묘가 들어온 것은 관우가 유비에게 보인 충성심 때문이다. 자신은 신하와 부인들을 헌신짝 버리듯 했지만 정작 자신에게는 관우 같은 충성을 바치기를 원했던 것이다. 그는 오랫동안 버려졌던 동관왕묘에 자신이 직접 쓴 현판을 내리는 등 관심을 드러낸다. 이후 영조를 비롯한 조선의 임금들도 종종 들러 제사를 지내거나 현판을 내리는 등 관심을 보였다. 고종 대에는 아예 동관왕묘, 남관왕묘와 짝을 맞추어 서관왕묘와 북관왕묘를 짓기도 했다. 이쯤 되니 《삼국지》가 민간에 소개되면서 큰 인기를 끌었고 자연스럽게 관우의 인지도도 올라갔다. 하지만 일제강점기에 접어들면서 동관왕묘는 다시금 버려졌다.

— 사당에서 공원으로

광복 이후에도 동관왕묘는 관심 밖의 존재였다. 동묘라는 이름으로 불리면서 관우와의 연관성조차 희미해졌다. 국가의 관리를 받지 못한 동묘는 기와가 깨지고 기둥이 갈라지는 등 여기저기에서 문제가 생겼다. 담장까지 허물어질 지경이 되어서야 겨우 수리를 했는데, 이 과정에서 오랫동안 보존되어왔던 동묘의 담장과 건물들이 훼손되기 시작했다. 담장을 새로 쌓으면서 다른 재료를 사용했고 침수가 심해지자 외삼문과 중삼문 기단을 높여버리고 만 것이다.

현재와는 달리 전근대 시대에는 건물 하나하나마다 짓는 의미와 위상이 달랐다. 그런데 기단을 높이는 바람에 그런 특징들이 사라져버린 것이다. 하지만 이런 엉터리 보수는 1970년대 불어 닥친 재앙과는 비견될 바가 아니다. 동묘를 공원으로 만들겠다는 계획이 발표되면서 담장이 허물어지고 임금이 머물던 장소가 화장실로 변했다. 정전의 마룻바닥도 뜯어내어 전돌을 깔아버렸다. 일련의 공사를 거친 동묘는 1976년 공원으로 탈바꿈되어 세상에 공개된다. 이후 2000년에 6호선이 지나가고 2005년에 1호선이 지나가는 동묘앞역이 생기면서 사람들의 발걸음이 많아졌다.

그러자 정작 공원으로 만들었지만 안에 잘 들어가지지 않는 동묘 주변에 슬금슬금 벼룩시장이 만들어졌다. 처음 벼룩시장이라는 이야기를 들었을 때는 벼룩처럼 작은 물건들을 파는 시장인 줄 알았다. 하지만 사전적 의미의 벼룩시장은 벼룩이 들끓을 정도로 오래된 물건들을 파는 시장이라는 뜻이다.

동묘 벼룩시장의 처음 규모는 아주 작았던 것으로 전해진다. 동묘앞역 3번 출구 근처에 있는 동묘의 담벼락을 따라 수십 미터 정도를 점유하는 정도였다. 하지만 현재는 4번과 5번 출구 근처까지 확장되었다. 특히 주말에는 훨씬 더 많이 늘어나서 한창 붐빌 때는 길을 제대로 걷지 못할 정도가 되었다.

원래 동묘 부근에는 냉동 기계 판매와 수리, 원단 제조와 판매, 그리고 가축을 취급하는 시장이 조성되었다. 지금도 동묘를 지나 지봉로4길로 가면 관련 제품들을 팔거나 수리하는 곳이 남아있다. 하지만 중국산 제품의 등장과 온라인 판매가 활성화되면서 이 업종들은 사양길에 접어들었고 그 자리를 구제라고 부르는 중고 의류 노점들이 빠르게 대체했다.

그렇다면 왜 이곳에 노점이 몰려들게 된 걸까? 시간을 거슬러 올라가면 비운의 임금 단종의 부인이었던 정순왕후 송 씨가 궁궐에서 쫓겨나자 시녀들이 이곳에서 채소를 팔아 생계를 유지했다는 민간 설화에 도착한다. 일제강점기에도 이곳에는 일정 규모의 시장이 존재했으며 약 7,000평 규모의 가축시장이 생기기도 했다. 원래 동대문 일대는 조선 후기 군인들과 그 가족이 살던 곳으로 채소를 재배해서 팔던 곳이있다. 그러니 동대문에서 600미터 정도 밖에 떨어져 있지 않은 동묘 일대에 시장이 조성된 것은 자연스러운 일이다. 하지만 동묘 일대에 벼룩시장이 생겨난 것은 2000년대 초반에 진행된 청계천 복원 공사와 깊은 연관이 있다.

— 청계천에서 밀려나다

청계천 복원이 발표되면서 그곳에서 장사하던 노점상들은 떠나야만 했다. 서울시에서는 동대문 운동장 안에 자리를 마련해주겠다며 이주를 권했다. 대부분은 그곳으로 이주했지만 일부는 동묘로 터전을 옮겼다.

그러다가 2008년 동대문 운동장 역시 재개발에 들어가자 노점상들은 다시 쫓겨나서 옛 숭인여중 자리에 조성된 서울 풍물시장으로 옮겨진다. 하지만 손님이 찾아오지 않자 이들 또한 동묘로 흘러들어오게 되면서 시장의 규모가 커졌다.

이곳에서 가장 많이 취급한 것은 구제라고 부르는 중고 의류다. 때마침 몇 년 전에 터진 IMF 금융위기의 여파로 싼 물건을 판다는 소문을 듣고 사람들이 찾아왔고, 2000년대 이후 급격히 늘어난 외국인 노동자들 역시 이곳의 단골손님이 되었다. 인사동만큼은 아니지만 골동품, 특히 1980~90년대 물건들이 많았기 때문에 빈티지한 물건을 찾는 젊은 사람들의 발걸음까지 더해졌다. 나 같은 밀리터리 덕후에게도 이곳은 외국 군복을 비롯한 외국군 전투 식량들을 살 수 있는 소중한 곳이다. 아울러 안쪽으로 조금 더 들어가면 중고 책들을 파는 곳이 있어 한때는 그곳을 자주 드나들기도 했다.

동묘 벼룩시장 거리 주머니 사정이 가벼운 노인들, 외국인 노동자들, 빈티지를 찾는 젊은이들의 발길이 이어지고 있다.

— 어르신들의 홍대

동묘앞역에서 내려 3번 출구로 가면 정말 노인이 많다. 누군가는 이곳을 '어르신들의 홍대'라고 부르기도 한다. 실제로 이곳에서 내리는 노인들을 보면 자신의 본거지에 왔다는 표정을 볼 수 있다. 젊은이들이 홍대입구역에서 내릴 때의 감정과 여러모로 비슷해 보인다.

3번 출구로 나오자마자 '빈티지'라는 간판을 단 구제 옷을 파는 가게와 마주했다. 동묘 벼룩시장과의 첫 만남이다. 나온 방향에서 반대로 가면 동묘 벼룩시장의 메인이라 할 수 있는 종로58길에 접어든다. 왼쪽이 동묘의 담장이고 오른쪽이 상점가인데 그 앞에 알록달록한 파라솔을 펼쳐놓은 노점상들이 있다. 주로 헌 옷들을 파는 곳인데 산더미처럼 쌓아놓고 한 벌에 몇천 원이라는 파격적인 헐값에 판다.

이곳에는 정말 다양한 물건이 있다. 옷 중에서도 다른 곳에서 찾기 힘든 군복, 장갑, 버선, 복면이라고 부르는 발라클라바를 비롯해 가짜 티가 심하게 나서 오히려 부담이 없는 진주 목걸이와 각종 장신구들, 오래 사용한 흔적이 역력한 냄비와 주방용품들이 옹기종기 모여 새로운 주인을 기다리고 있다.

헌책은 물론이고 각종 가방도 쉽게 찾을 수 있다. 어떻게 수입했는지 외국 식품들도 줄지어 진열되어있다. 동묘는 담장 공사 중인지 펜스를 쳐놨는데 펜스를 옷걸이 삼아 장사에 열을 올

동묘의 상품들
옹기종기 모여 새로운 주인을 기다리는 다양한 물건

동묘 펜스에 걸린 옷가지
동묘 공원을 둘러싼 펜스를
진열대 삼아 옷들이 걸려있다.

리는 상인들도 보인다. 조금 더 안쪽으로 들어가면 왼쪽에 동묘 정문이 있는 난계로27길이 보인다. 이곳 역시 복잡하기는 마찬가지다. 문 옆에는 '동묘 공원'이라는 비석이 세워져 있는데 그곳을 둘러싼 펜스에도 물건들이 걸려있다.

누군가에게 동묘는 400년이 넘은 역사적인 건물이지만 이들에게는 장사를 하는 터전에 불과하다. 이들의 장사가 역사적 유물을 훼손하는 것일지라도 그것조차 동묘의 운명이 아닐까 싶다. 마지못해 지어지고 그 후에도 오랫동안 관심을 받지 못했던 이곳이 장사꾼들의 천국이 된 역설적인 상황이 참으로 흥미롭다. 이곳을 장사하는 골목길로 만들어버린 노점상들 역시 역사의 한 자락으로 남지 않을까, 라는 생각을 해봤다.

동묘 정문 앞을 지나 모서리에서 다시 오른쪽으로 방향을 틀면 노점 대신 상점들이 자리 잡은 골목길이 나온다. 주로 구제 옷을 파는 곳으로 상대적으로 발길이 뜸해서 좀 여유롭게 돌아볼 수 있는 길이다. 미제라는 걸 강조하듯 성조기 그림을 벽에 그린 것이 눈에 띄었다. 좀 더 안쪽으로 들어가면 재고 정리를 한다는 현수막과 음식점 간판이 서로 마주 보고 있다. 여기서 다시 좁은 샛길을 통해 종로58길로 돌아오면 잠시 잊고 있던 시끌벅적함과 재회하게 된다.

이 사거리에 서면 다소 뜬금없는 풍경과 마주친다. 유명 메이커의 에어컨 이름이 적힌 간판 아래 구제 옷을 팔고, 냉동 기계와 부품을 취급한다는 냉열 상사의 유리문 앞뒤로 구두와 골동품들이 진열되어있다. 간판조차 떼지 못하고 망해버린 상점 아래 새로운 물건을 파는 상점이 들어왔다. 동묘가 얼마나 쇠락과 성쇠의 과정을 겪었는지 알 수 있는 광경이다.

의류도 많이 팔지만 싸구려 골동품과 서적, 각종 식품과 문구 등 품목이 다양해진 사거리는 청계천을 가로지르는 다리까지 이어진다. 그리고 여기서부터 진짜 골목길로 접어든다.

— 보물길

나는 개인적으로 이 골목길을 '보물길'이라고 부른다. 사거리에서 오른쪽 좁은 골목길로 접어들면 주변 풍경이 놀랍도록 달라지는데, 양쪽 거리가 확 좁아지고 상점 위에 친 차양까지 더해져 대낮에도 어둑할 정도다. 조금 더 안쪽으로 들어서면 양쪽으로 갈라지는 길이 나오는데 오른쪽이 좀 더 넓은 지봉로4길이다. 하지만 보물길로 들어서려면 좁은 왼쪽 길로 가야 한다.

청계천과 접한 쪽은 2층짜리 상가의 그림자가 드리워지고 반대쪽은 오래된 가건물이 서 있다. 이곳은 진짜 정신이 없을 정도로 좁은 길이지만 대신 오래된 골목의 정서를 고스란히 느낄 수 있다. 취급하는 상품과는 상관없이 무슨 무슨 냉동이나 무슨 무슨 기계라는 간판들이 많이 보인다. 한때 이곳이 냉동 기계 판매와 수리를 전문으로 했다는 흔적이다. 음식점이 늘어난

섯도 특징이다. 국밥과 동태찌개를 파는 곳이 많은데 이곳에서 장사하는 상인과 오가는 손님의 배를 채워주기에 부족함이 없다. 내가 이곳을 보물길이라고 부르는 이유는 정말 다른 곳에서는 찾을 수 없는 다양한 물건이 있기 때문이다.

이곳은 엔틱과 고물 사이에 있을 법한 물건들이 정말 많다. 당장이라도 움직일 것 같은 아이언 맨과 타노스 옆에 해리포터가 활짝 웃고 있고, 오래된 인형과 장신구들도 불쑥 튀어나와 반겨준다. 여러 번 와도 항상 새롭다. 특히 '여행스케치'라는 엔틱 상점은 수집가라면 꼭 가봐야 할 곳이다. 이곳에서 수많은 인형과 장신구를 보면서 골목길은 뭔가 예상하지 못한 사물과 사람을 만나게 하는 신비한 공간이라는 생각을 했다. 그렇다면 이 길이야말로 우리가 찾는 진정한 골목길일지도 모르겠다.

뭐니 뭐니 해도 이곳의 하이라이트는 고기 튀김을 파는 곳이다. 두툼하고 기름진 고기 튀김과 오징어 튀김은 골목길을 걷다가 허기진 배를 알맞게 채워준다. 접이식 테이블에 앉아서 고기 튀김을 먹다 보면 오가는 사람들은 물론 가게 안에서 두런두런 이야기를 나누는 사람들의 소리가 들려온다. 어울렁더울렁 이런저런 사연이 흘러가는 골목길은 얼마나 정겨운 장소인가.

보물길 풍경

종로 58길 사거리에서 오른쪽으로 들어서고
양쪽 갈라지는 곳에서 왼쪽 길로 접어들면
내가 명명한 보물길이 나온다.

보물길의 상품들
뭔가를 모으는 수집가라면
응당 보물길에 와봐야 한다
신기한 보물들이 기다리고 있다.

고기 튀김
허기진 배를 맛있게 채우기에
이만한 음식이 있을까.

— 동묘 한옥 마을

포털사이트의 지도 뷰를 보면 동묘 입구와 마주하는 곳에 '동묘 한옥마을'이 있다. 동묘를 몇 번이고 가봤지만 처음 듣는 곳이라 관련 자료들을 찾아봤다. 하지만 딱히 나오는 게 없었다. 결국 고기 튀김으로 배를 채우고 집으로 돌아가면서 이곳을 들르기로 했다. 샛길을 통해 어렵게 한옥이 있는 골목길로 들어섰다. 바로 옆이 구제 옷을 파는 시장이었는데도 이곳은 숨이 멎을 것처럼 고요했다. 이름 모를 방문객들이 서로의 사진을 찍어주는 것을 보면서 동안 한옥으로 된 골목길을 둘러보았다.

어깨높이까지 올라간 붉은 벽돌로 된 담장과 몇 번이고 새로 칠을 했을 것 같은 쇠창살과 창문. 족히 100년은 넘어 보이는 오래된 대문 위에 군데군데 칠이 벗겨진 홈통과 시멘트로 끝자락을 마무리한 기와지붕이 보인다. 지붕에는 기와와 시멘트 틈을 비집고 흙을 찾아낸 풀들이 자라고 있다. 오래된 기와지붕 너머로 대기업이 만든 고층 아파트가 있다. 정확한 연혁은 찾아봐야겠지만 이곳 집들은 일제강점기에 지어진 도시형 한옥들인 것으로 추정된다. 대략 10~15채 정도가 있었는데 허물어지거나 개조한 것까지 고려하면 원래는 좀 더 있었을 것이다. 한때 집 장사가 큰 집을 쪼개 만들었다고 폄하하곤 했지만 한옥을 우리에게 맞게 개량하고자 노력했다는 점은 평가할 만하다. 특히 대문의 쇠로 된 장식들이 비슷하면서도 다른 게 눈에 들어왔다. 어떤 것은 잘 남아있고 어떤 것은 세월의 무게에 못 이겨 사라지고 부서졌지만 각각의 대문은 특색이 있었다. 아직 청량한 햇살이 내리쬐는 동묘의 한옥 골목 안에서 나는 100년 전의 정취를 느끼고 있었다.

동묘 한옥 골목
이곳에는 대략 10~15채가량의
도시형 개량 한옥이 있다.

동묘 한옥 골목의 대문들
100년은 되어 보이는 대문 위 쇠 장식들이 비슷하면서도 다르다.

견인 지역

김효찬 篇

세상 모든 물건이 다 있을 것처럼 물건들을 거리에 널어놓았다. 저런 걸 정말 돈 받고 파나? 싶을 정도로 낡은 등산화부터 몸통과 대가리가 맞지 않는 장난감 로봇과 철 지난 지 동가베라, 그리고 성인영화 DVD까지, 어딘가 조금씩 엉터리 같은 동묘시장은 널려있는 물건들을 보는 것만으로도 흥미로웠다.
시장 거리엔 뽕짝 메들리가 끝도 없이 흐르고, 황제펭귄처럼 웅크리고 앉은 노점 상인은 손님이 물건을 사든 말든 관심도 없다. 나는 고장 난 게 아닐까 의심스러운 삼성 캐녹스 자동카메라 두 개의 가격을 각각 물어봤는데 하나는 만 원이고 다른 하나는 2만 3천 원이라고 퉁명스레 말해줬다.
비슷한 사양에 상태도 비슷한데 왜 가격이 두 배나 차이가 나는 걸까? 굳이 3천 원이 붙은 이유도 알고 싶었지만 애써 물어보지는 않았다.
신기한 물건의 홍수 속에서 답사의 목적쯤은 잊은 지 오래다. 나는 꽃밭에 있는 나비처럼 시장 이곳저곳을 팔랑거리며 날아

다녔고, 일정을 소화해야 하는 정명섭 작가는 잠자리채도 없이 나를 좇았다. 목적 잃은 나비는 꽃 같은 중고 장난감 가게에 앉았고, '페코짱' 인형과 '아톰, 아틀라스 세트' 장난감을 사고 나서야 비행을 멈추었다.

들뜬 마음은 결제와 동시에 가라앉고, 어쩐지 끝나버린 파티처럼 서늘한 기분이 들어 의미 없이 비닐봉지 속 장난감을 들춰봤다. 페코짱의 달콤한 웃음과 아톰의 용맹함은 그대로인데 어쩐지 내 것이 아닐 때가 더 예뻤던 것 같은 이유는 무엇일까? 기분 탓인지 갑자기 허기짐을 느꼈다.

마침 해도 많이 기울어 우리는 정 작가가 잘 안다는 어떤 곳으로 바삐 움직였고, 이름만으로도 침이 고이는 '고기 튀김' 가게로 곧 자리를 잡고 앉았다.

고기도 맛있고 튀김도 맛있는 것인데, 무려 고기 튀김이라니 얼마나 대단한 음식일까? 고기 튀김 집을 답사 일정에 챙겨 넣은 것에 대해 나는 정 작가를 몹시 칭찬해주었다.

천년동안의
성경
동양장

7-3

가게의 모양은 허름했지만 고소한 기름 냄새가 근사했다.
기름 냄새는 그 자체만으로도 충분히 부유하고 행복한 느낌이어서 나는 튀김을 한입 가득 물었을 때 느껴지는 부자 된 기분을 좋아한다. 비록 고혈압에 콜레스테롤약까지 먹고 있지만, 맛인지 기분인지 모를 이 풍족함을 어찌 쉽게 뿌리칠 수 있을까? 그날 그런 유혹이 1인분에 단돈 3천 원이었고 심지어 정 작가가 사주기까지 했다.
원래 30분 이상은 기다려야 맛을 볼 수 있는 맛집인데, 코로나로 한산할 때 와서 운 좋게 먹을 수 있는 거라고 주인아주머니가 말했다. 운이 좋다고 말해도 되는 걸까?
아무튼 아주머니도 간만의 여유를 고양이처럼 즐기시다 무료했는지 우리에게 말을 붙이는 중이었다. 아주머니는 자신의 인생 역경과 자식들 자랑을 빠짐없이 다 하시고는 본업에 복귀하셨다.
30분 넘게 들은 그 많은 이야기 중, 아주머니가 오 남매를 위해 고생하신 것과 큰아들이 안산에 산다는 것 말고는 기억나지 않는다. 안산에 산다는 큰아들은 고생하지 않고 걱정 없이 잘살고 있는 걸까? 나는 아주머니의 고생이 헛되지 않게 부디 잘 살기를 바랐다. 그리고 나도 잘해야겠다는 생각과 늙으신 엄마를 생각했다.

엄마가 생각나서인지 저녁 그림자가 길어서인지 집으로 돌아가는 시장길은 낮에 봤던 그 활기찬 모양이 아니었다. 늘어놓은 물건들과 흘러나오는 뽕짝은 모두 그대로인데 거리의 인상이 이리도 다른 건 알 수 없는 일이다.

행복은 어디서 오는 건지, 적어도 그날 산 인형들은 아니라는 깨달음을 얻었을 때 길 중앙으로 노방 전도(길거리 전도)에 나선 아저씨가 지나갔다.

〈예수 천국, 불신 지옥〉

종교가 없는 나로선 믿기 힘든 문구이지만 구원과 행복을 신에게서 찾는 마음만은 진심이겠지. 믿음은 맹목적이고 행복은 일상 중에 있다.

신에게 구원을 바라는 사람도 자식 일에서 행복을 얻는 사람도 모두가 원하는 대로 이루어지기를 바랐다. 어디에도 닿지 못해 소멸하는 소망과 기도가 없기를 바랐다.

아홉 번째 골목
락희거리

인터뷰

“그러니까 말이야. 큰아들이 삼성전자 다니고 둘째 아들이 대우 건설, 아니 현대 자동차 다니거든.”

황 씨 노인은 목청을 높이면서 슬쩍 자신을 전상훈이라고 소개한 작가의 눈치를 봤다. 몇 년 전 IMF로 대우가 망한 걸 깜빡한 것이다. 이곳에 오는 노인들은 자식이나 집안과 관련된 거짓말들을 한두 가지쯤 한다. 황 씨 노인 역시 아들들과 연락이 끊긴 지 오래였지만 그의 마음속에는 대기업에 다니는 효심 많은 자식이었다. 그래도 탑골공원의 다른 노인들은 눈치껏 넘어갔는데 눈앞의 작가는 무덤덤한 채 아무런 반응을 보이지 않아 눈치가 보였다. 다행히 작가는 두꺼운 뿔테 안경을 쓱 밀어 올릴 뿐 의심의 눈초리를 던지진 않았다. 한숨 돌린 황 씨 노인에게 인터뷰하러 왔다는 작가가 물었다.

“예전에 여기가 종삼이었잖아요.”

“어, 맞아. 종삼이었지.”

“세운상가가 생기기 전부터 있었던 거죠? 그때 어땠나요?”

1960~70년대 서울에 관한 이야기를 쓰고 있다는 작가는 그 시대를 살았던 사람들만큼이나 잘 알고 있었다. 그래서 섣불리 거짓말을 하지 못하고 어물쩍거리곤 했다. 한 달 전부터 탑골공원과 뒤편 거리에 나타난 작가는 노인들을 인터뷰하러 다녔다. 그 대가로 반주를 곁들여 제대로 한 끼 식사를 할 수 있을 만큼의 돈을 줬기 때문에 노인들은 호구가 나타났다고 좋아했다. 하지만 거짓말을 하면 작가는 귀신같이 알아차리고는 인터뷰를 중단해버렸다.

결국 황 씨 노인에게까지 왔는데 종삼 얘기가 궁금하다고 했다. 황 씨 노인은 6.25에 참전했다가 한쪽 팔을 잃고 구두닦이를 했다는 사실은 빼놓은 채 근처에 살았다고 두루뭉술하게 얘기하고는 인터뷰에 응했다. 그 후로 청계천에서 노점상을 하다가 동묘 벼룩시장으로 옮겨갔다는 얘기도 빼먹었다. 조마조마해 하던 황 씨 노인은 젊은 시절의 종삼 얘기가 나오자 괜히 기분이 좋아져서 하나밖에 안 남은 팔을 쫙 펼쳤다.

"엄청났지. 종묘에서 낙원상가로 가는 길에서부터 아래쪽은 지금의 청계천까지 뻗어있었지."

"시작이 종각에서부터라고 하던데요?"

"거기도 드문드문 있긴 했지만 낙원상가 즈음부터는 아예 대놓고 있었지. 종로 3가까지 꽉 찼고 5가까지도 드문드문 있었고."

"그러다가 나비 작전으로 하루아침에 없어진 거죠? 일주일 정도 걸렸다고 하던데요."

"그 정도 걸렸을걸. 한밤중에 불을 환하게 밝혀놓고 오입질을 하러

오는 사람들한테 헌병이랑 경찰이 어디 사느냐, 무슨 일로 왔느냐 꼬치꼬치 물으니까 어떤 간 큰 놈이 들어오겠어. 한 일주일 있다가 죄다 손 털고 나갔지."

"그다음에 세운상가가 지어진 건가요?"

"아니, 그 전에 이미 지어지고 있었어. 준공식 때 박정희 대통령이 왔었지."

"여기 공원을 둘러싼 아케이드도 그때 지어졌나요?"

쉴 새 없이 이어지는 질문에 황 씨 노인은 머리를 긁적였다.

"맞아. 그것도 67년도인가 68년도에 낙원상가랑 같이 지어졌지. 80년대 초에 허물었고 말이야."

"그때부터 이곳에 노인 분들이 많았나요?"

작가는 질문을 하면서 주변을 돌아봤다. 탑골공원 북문 주변 공간에는 수많은 노인이 비둘기처럼 모여 장기나 바둑판을 앞에 두고 수 싸움을 벌이거나 삼삼오오 모여서 세상 사는 얘기들을 나눴다. 그들을 바라보던 황 씨 노인이 고개를 저었다.

"옛날에는 이만큼 없었어."

"그럼요?"

"90년대부터였지. IMF가 터진 다음부터는 노숙자까지 늘었고 말이야."

실제로 장기나 바둑을 두거나 앉아서 얘기하는 노인들 주변으로 노숙자들이 어슬렁거렸다. 바닥에 모여앉아 술을 마시는 모습도 보였다. 그런 노숙자들을 못마땅하게 바라본 황 씨 노인이 혀를 찼다.

"팔 한 짝 없는 나도 열심히 일해 먹고 사는데 사지육신 멀쩡한 것들이 놀고먹으려고 드네."

그 사이 인터뷰를 하던 작가가 녹음기와 노트를 주섬주섬 챙겼다.

"식사하면서 더 얘기하시죠. 짜장면 좋아하세요?"

"무, 물론이지."

가방을 둘러맨 작가가 엉거주춤 일어나려던 황 씨 노인에게 물었다.

"그나저나 여기 성역화 사업인가 뭔가 하면서 다 쫓아낼 기세던데요?"

안 그래도 소문을 들은 적이 있던 황 씨 노인이 한숨을 쉬었다. 종삼이 없어지던 시절의 기억이 떠올랐기 때문이다.

"힘없고 가난하면 쫓겨날 수밖에 없나 봐."

작가는 그런 노인에게 힘내라는 눈빛을 던졌다. 그리고 앞장서 서 걸었다. 큰길로 나오자 카세트테이프를 파는 리어카에서 조성모의 노래가 경쾌하게 흘러나왔다.

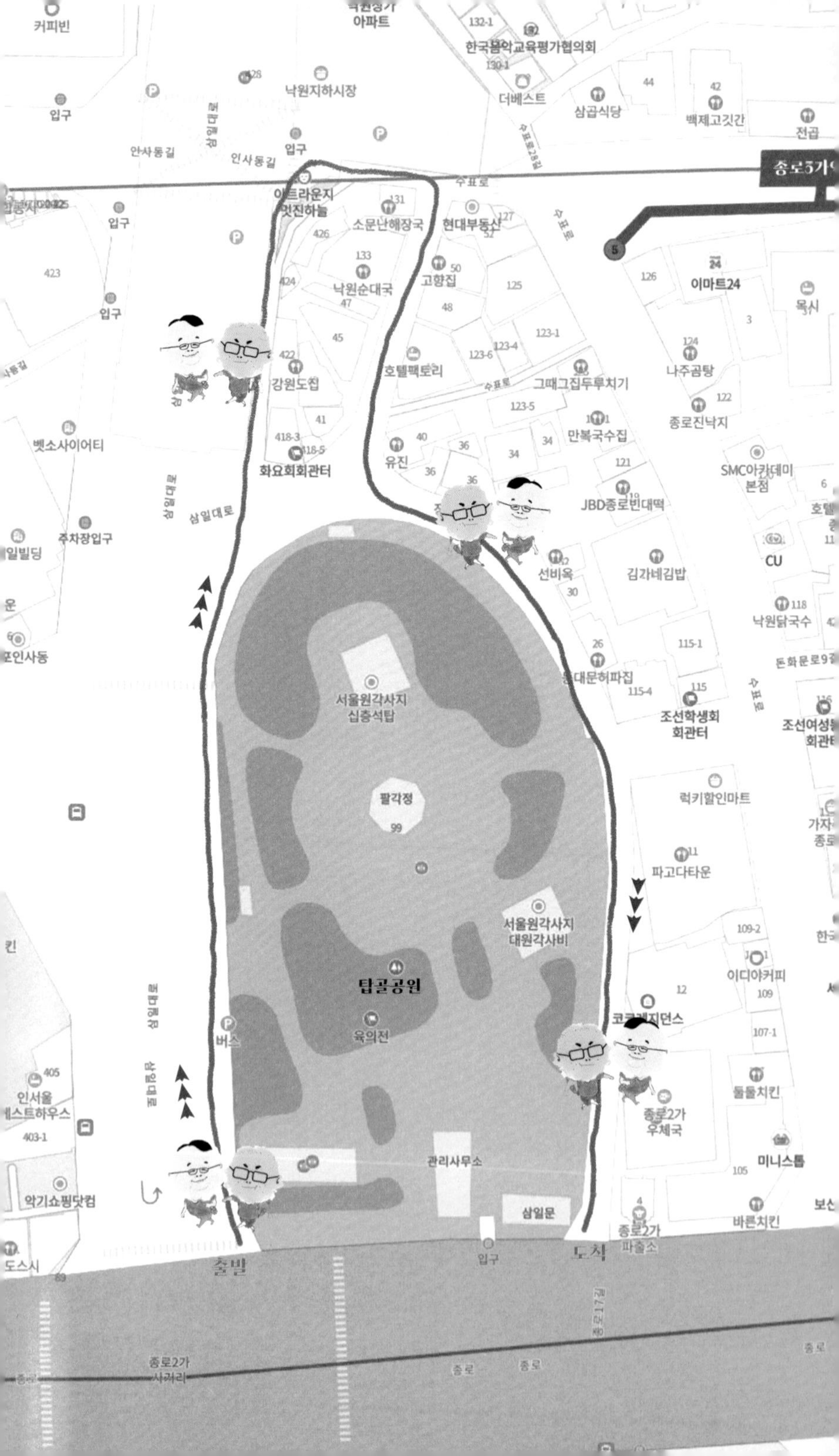

커피빈
아파트
한국음악교육평가협의회
낙원지하시장
더베스트
삼곱식당
백제고깃간
전곱
입구
안사동길
인사동길
종로5가역
수표로
아트라운지
멋진하늘
소문난해장국
현대부동산
낙원순대국
고향집
이마트24
목시
강원도집
호텔팩토리
그때그집두루치기
나주곱창
종로진낙지
벳소사이어티
화요회회관터
유진
만복국수집
SMC아카데미
본점
JBD종로빈대떡
삼일대로
주차장입구
선비옥
김가네김밥
CU
낙원닭국수
인사동
돈화문로9길
서울원각사지
십층석탑
조선학생회
회관터
조선여성동
회관터
팔각정
럭키할인마트
파고다타운
서울원각사지
대원각사비
이디야커피
탑골공원
육의전
버스
인서울
게스트하우스
둘둘치킨
종로2가
우체국
관리사무소
미니스톱
악기쇼핑닷컴
삼일문
바른치킨
종로2가
파출소
출발
입구
도착
종로2가
사거리
종로

정명섭 篇

— 기구한 사연

골목은 그곳을 오가는 사람들과 함께 나이를 먹는다. 락희거리나 일대의 거리 역시 그곳에서 늙어가는 사람들과 함께 나이를 먹는 중이다. 락희거리에 대해서 이야기하려면 시작점인 탑골공원과 종착점인 낙원상가, 그리고 그곳에서 나이를 먹어가는 노인들에 관한 이야기를 해야만 한다.

먼저 탑골공원이라고 부르는 공간에 대한 이야기는 고려 때까지 거슬러 올라간다. 원래 이곳에는 흥복사라는 절이 있었다고 전해진다. 불교를 숭상하던 분위기였던 고려 시대에는 별문제가 없었지만 성리학을 내세운 조선 시대에 접어들면서 문제가 벌어졌다. 사람들이 오가는 도성 한복판에 큰 절이 있는 걸 못마땅하게 생각한 것이다. 그래서 하마터면 없어질 뻔했지만 구원자가 등장한다. 바로 세조였다.

자신의 조카인 단종을 몰아내고 왕위를 찬탈한 그는 형제들까지 죽이는 짓을 저질렀다. 하지만 나이가 들고 병이 생기면서 죄책감 때문인지 불교에 기대는 모습을 보인다. 그러면서 흥복사가 있던 곳에 원각사라는 큰 절을 세운다. 흥미로운 건 세종이 궁궐에 내불당이라는 작은 불당을 세우려 할 때는 목소리를 높여 반대하던 신하들이 세조가 원각사를 세운다고 하자 돌연 태도를 바꿨다는 점이다. 조카와 형제까지 죽이는 잔인함에 알아서 고개를 수그린 것이다. 어쨌든 세조가 세운 원각사는 안타깝게도 오래가지 못한다. 세조가 죽은 후 다시 불교를 배척하는 분위기가 다시 거세졌고 그 땅을 탐낸 연산군이 등장했기 때문이다.

나랏일은 뒷전이고 여흥을 즐겼던 연산군은 수많은 기생을 거느렸다. 그는 창덕궁을 넓히기 위해 성균관을 원각사가 있던 자리로 옮기려고 했으나 대신들의 반대에 그냥 놔두고, 대신 원각사를 기생들이 머무는 숙소이자 음악 관련 관청인 장악원으로 사용하게 했다. 연산군이 폐위된 이후에도 원각사는 돌아오지 못했다. 조선은 확고한 성리학의 국가였고 도성인 한양에 승려는 이유 없이 출입할 수 없었다. 당연히 도성 한복판에 있는 원각사가 보존될 리 없었다. 결국 원각사 터는 백탑이라 부르던 탑과 비석 하나만을 남겨놓은 채 오랜 기간 방치되었다.

외면받던 원각사 터가 다시 사람들의 눈길을 끈 시기는 구한말이었다. 조선의 초청을 받아 세무사로 온 영국인 브라운John Mcleavy Brown이 고종의 지시를 받아 원각사 터를 서양식 공원으로 조성한 것이다.

공원 조성은 동양에서 찾아볼 수 없는 개념으로 서구화를 시도하려 한 고종이 의도가 반영된 것이다. 사람들의 왕래가 잦은 도성 한복판에 있는 넓은 빈터는 서구식 공원이 들어서기에 최적의 조건이었다. 그곳에 팔각정이 세워지고 대한제국 군악대가 애국가를 연주한 것도 그즈음이었다. 참고로 대한제국 애국가는 일본의 기미가요를 작곡한 독일 출신 군악대장 프란츠 폰 에케르트Franz von Eckert가 작곡한 것이다.

일제강점기에 접어들면서 대한제국이 설립한 탑골공원은 일본식으로 꾸며진다. 하지만 조선과 대한제국을 지워버리려는 일본의 노력은 1919년 3월 1일 산산조각이 났다. 아침부터 수천 명의 학생과 시민이 이곳으로 모여들었고, 정재용이 팔각정 위에서 독립선언서를 우렁찬 목소리로 낭독한 것이다. 감격한 학생과 시민들은 공원을 뛰쳐나와 거리를 누비면서 독립을 부르짖었다. 이 때문인지 공원의 관리를 맡은 총독부는 이런저런 핑계를 대면서 공원을 없애려는 시도를 여러 차례 했지만 다행히 무산되었고 광복을 맞이하면서 탑골공원은 사라질 위기를 넘긴다.

— 아케이드라는 담장

광복을 맞이했지만 탑골공원의 시련은 끝나지 않았다. 전쟁을 겪으면서 심하게 파괴된 것은 둘째치고 피난민들이 몰려와 공원 안에 자리를 잡은 것이다. 3.1 만세 운동의 역사적 현장이었던 탑골공원은 4.19 혁명 때도 시위대의 거점 역할을 했다. 특히 시위대는 이곳에 있던 이승만 대통령 동상을 파괴했는데, 당일 이승만 대통령이 권좌에서 물러나는 일이 벌어졌다. 이런 자랑스러운 기억을 간직한 탑골공원은 1967년에는 때아닌 수난을 겪는다. 박정희 대통령의 지시로 탑골공원을 아케이드가 둘러싼 것이다. 거기다 훼손을 막는다는 명분으로 입장료까지 받으면서 탑골공원은 한동안 시민들 곁에서 멀어졌다. 공원이자 역사적 기념물을 훼손시키는 이런 모습에서 경제개발을 우선시하는 당시의 시대적 분위기를 엿볼 수 있다.

1983년 드디어 아케이드가 철거되면서 공원은 시민들 곁으로 돌아왔다. 그 이후에는 각종 집회와 시위가 벌어지는 장소로 이용된다. 하지만 시간이 지나면서 이용객 대부분이 노인으로 바뀌었다. 무료로 지하철을 이용할 수 있고 화장실과 벤치가 있어 갈 곳을 잃은 노인들이 모여든 것이다. 1990년대 후반, IMF 금융위기로 노숙자까지 급증하면서 탑골공원은 이들로 북적거렸다. 이를 견디다 못한 공원관리소 측은 2002년 초, 이용 시간을 제한하고 벤치 등 편의시설 등을 철거했다. 갈 곳을 잃은 노인들은 새로 조성된 종묘 공원과 지하철역 등지로 분산되었다. 공원에서 밀려났지만 멀리 떠나지 못한 셈이다.

— 도로 위의 빌딩

1960년대 서울시의 고위 공무원들은 나날이 늘어나는 서울 시민과 자동차 때문에 골머리를 앓았다. 특히 자동차가 늘어나는 만큼 도로를 정비해야 한다는 중압감이 심했다. 해결책 중 하나가 종로를 남북으로 연결하는 도로의 건설이었지만 가장 최적이 장소인 지금의 삼일대로에는 떡으로 유명한 낙원시장이 자리해 있었다.

서울시는 낙원시장이 있던 곳에 도로를 내고 그 위에 상가와 아파트를 짓겠다는 계획으로 이 문제를 해결하려 했다. 결국 1969년 낙원시장이 있던 자리에 15층 높이의 상가와 아파트 건물이 들어섰다. 지금이야 근처의 세운상가와 더불어 칙칙한 회색 건물로 손가락질받고 있지만 당시에는 고급 상가이자 아파트였다. 낙원상가가 처음 지어졌을 때는 원래의 낙원시장처럼 떡을 비롯한 식자재와 의류 판매가 주로 이루어졌다. 하지만 1970년대 접어들면서 악기를 판매하는 매장으로 변모하기 시작했고, 1980년대 경제 호황과 통금 폐지, 그리고 답골공원을 가로막고 있던 아케이드가 철거되면서 그곳에 있던 악기점

마저 근처의 낙원상가로 옮겨왔다. 이후 낙원상가는 악기 전문 매장으로서 높은 위상을 지니게 된다. 하지만 이곳도 세월이 흘러 사람들의 발걸음이 뜸해지자 외면받는다. 4층에 있던 허리우드 극장은 노인 전용 극장으로 바뀌고 낙원상가 주변에는 노인들의 가벼운 주머니 사정을 고려한 저렴한 가격의 식당과 이발소들이 자리를 잡았다.

— 럭키? 락희?

2017년 서울시는 탑골공원 뒤쪽부터 낙원상가를 연결하는 종로17길을 어르신 전용거리인 락희거리로 조성한다. '즐거울 락(樂)'과 '기쁠 희(喜)'자를 썼는데, 발음 자체는 행운을 뜻하는 '럭키Lucky'에서 가져온 것이 분명해 보인다.

불과 70미터도 안 되는 이 거리를 특별히 어르신 전용구역으로 정한 것은 주변에 있는 탑골공원과 낙원상가 때문이다. 2000년대 초반, 탑골공원이 더 이상 노인을 받지 않게 되면서 상당수가 종묘 공원으로 떠났다. 하지만 여전히 이곳을 떠나지 못하는 노인들이 탑골공원 담장 밖에 모였다. 특히 탑골공원 북문과 낙원상가 남쪽 출구가 만나는 지점은 약간 넓은 공터여서 노인들이 주로 모였다. 그래서 이곳을 노인을 위한 전용 거리로 조성한 것이다. 이후 식당의 메뉴판 글씨를 크게 만들고, 화

락희거리 표지판

탑골공원 북문과 낙원상가 남쪽 출구가 연결된
약 70미터가 어르신을 위한 락희거리이다.

장실과 지팡이 거치대를 설치하는 등 노인에게 필요한 것들을 세심히 챙겼다.

평상시도 그렇지만 주말이 되면 락희거리의 출발점이라고 할 수 있는 탑골공원 북문 주변에 노인들로 가득하다. 이곳에 아예 접이식 의자와 테이블을 가져다 놓고 장기와 바둑을 두는 노인도 있고, 구경하거나 훈수를 두는 노인도 한가득이다. 배짱 두둑한 비둘기까지 어슬렁거리면서 구경꾼 대열에 가세한다. 오른쪽으로 살짝 이동하면 평양냉면을 비롯한 각종 음식을 싼값에 파는 유명 식당 간판이 보인다. 사실 간판까지 확인할 필요도 없다. 바깥에 대기 줄이 길게 늘어서 있으니 말이다.

락희거리 입구

이발소와 음악다방, 라이브 바와 저렴하게 음식을 파는 식당가 등 이곳은노인을 위한 안성맞춤 상점으로 가득하다.

골목 안쪽으로 들어가면 멀리 낙원상가가 보인다. 바닥은 걷기 편하게 넓은 돌이 평평하게 깔려있다.

골목 안쪽은 오래된 것과 새로운 것이 공존하고 있다. 깔끔하게 리모델링한 건물도 있고 회백색 타일이 드러나 오래된 건물임을 그대로 드러낸 건물도 보인다.

거리는 그야말로 노인들을 위한 맞춤형 상점으로 가득하다. 다른 곳보다 거의 절반 가격으로 머리를 깎을 수 있는 이발소와 옛날 노래를 틀어주며 도시락과 커피를 판매하는 음악다방, 가수가 직접 나와서 공연을 한다는 라이브 바와 커피 한 잔보다 싼 가격에 음식을 파는 식당, 사주와 타로를 봐준다는 곳부터 진짜 커피 한 잔 값으로 치킨을 먹을 수 있는 치킨집, 그리고 낙원상가의 명성을 확인할 수 있는 악기 판매점까지 다양한 간판들을 볼 수 있다. 가만히 살펴보면 간판만큼 노인들의 얼굴도 다채롭다. 아마도 살아온 삶이 제각각이기 때문일 것이다. 인위적으로 만든 티가 역력하지만 락희거리는 지난한 세월을 끌고 이곳까지 찾아온 노인들이 편안함을 느낄 수 있는 그런 골목길이었다.

낙원상가와 접한 곳까지 나오면 수십 미터 정도의 락희거리가 끝난다. 하지만 이제부터 시작이라 할 수 있다. 왼쪽으로 돌면 실버영화관으로 올라가는 낙원상가의 모서리가 나타난다. 노인들이 즐겨볼 만한 옛 영화를 틀어주는 이 영화관은 붓으로 그린 영화 간판까지 있어 새삼 추억에 잠기게 한다.

실버영화관 입구
주로 옛 영화를 상영하고 있다.

낙원책방
오래된 헌책들을 진열해놓았으나
딱히 장사에는 관심이 없는 듯하다.

영화관 쪽으로 가다 보니 눈길을 끄는 것이 하나 있다. 바로 낙원책방이다. 한눈에 봐도 오래되어 보이는 헌책들을 책장에 꽂아 넣거나 세워서 진열해놓았다. 좀 떨어진 곳에 앉은 노인이 주인인 듯 보였는데 지나가는 사람들을 구경만 할 뿐 딱히 장사에 열을 올리지는 않는다. 열과 성을 다하지는 않는 느긋함이 락희거리와 그 주변의 분위기를 만들어가고 있다.

실버영화관 간판이 있는 곳에서 왼쪽으로 틀면 낙원상가 옆으로 좁은 음식점 골목이 나온다. 당장 풍겨오는 냄새부터 다르다. 진득하면서 매콤한 냄새를 풍기는 이 골목 또한 락희거리를 찾아오는 노인들의 배를 채워주는 공간이다. 툭 튀어나온 간판들은 대부분 강원도나 광주, 충청도, 전주 같은 특정 지역 이름을 그대로 가져왔다. 고향 사람들이 찾아오길 바라는 마음과 낯선 타지에서도 뿌리를 잃지 않겠다는 질긴 마음이 간판의 이름을 결정했을 것이다.

거리는 각종 쓰레기가 버려져 차마 사진을 찍지 못할 만큼 지저분했지만 깔끔하고 먼지 하나 없는 거리보다 골목길에 더 가까워 보였다.

그 길을 끝까지 걸어서 지나치면 락희거리의 시작점이자 탑골공원과 접해있는 광장 같은 공간과 다시 만난다. 아까 락희거리에 가기 전에 만났던 장기 두는 노인과 훈수를 두는 노인, 그 사이를 어슬렁거리는 비둘기들이 그대로 있다.

김효찬 篇

요즘 서울에서 가장 젊은 곳인 익선동에서 불과 500미터 남짓한 거리에, 서울에서 가장 나이 든 지역 중 한 곳인 락희거리가 있다. 두 지역은 모든 것이 반대여서 처음 락희거리를 가로질러 익선동에 들어선다면, 혹은 반대 방향으로 간대도 마치 공간 이동을 한 것처럼 어리둥절할 것이다.

익선동과 모든 게 반대라는 이 거리는 변화가 느리고 노인층이 있다. 이제 오십이 가까운 나는 익선동의 가벼운 노랑보다 락희거리의 무거운 검정에 마음이 쓰여 이곳을 그려보기로 했다.

나는 락희거리가 정확히 어디서부터 어디까지인지 알지 못한다. 다만 몇 년을 다녀도 거리의 모습이 거의 변하지 않는 구간이 있어 그 일대가 락희거리가 아닐까 추측할 뿐이다.

우리는 필로티 구조로 된 낙원상가에서부터 걷기 시작했다.

언젠가 커트 코베인을 좋아하던 친구와 악기를 보러 갈이 왔었는데, 낙원상가는 그때와 같고 건물을 관통하는 4차선 도로로 차들은 당연한 듯 달리고 있었다. 문득 나는 건물을 관통해 자동차가 달리는 건 신기한 일이라고 생각했다. 친구와 왔던 그때는 어째서 이것이 신기하지 않았을까?

그러고 보니 락희거리 일대에는 신기한 것들이 많아 나는 그것들을 하나하나 떠올려봤다.

밤이 되면 포장마차가 차도 일부를 차지하고 5천 원도 안 되는 국밥을 파는가 하면 낮부터 밤늦도록 장기만 두는 노인들도 있다. 나는 노인들이 어떻게 종일을 거리에서 있을 수 있을지를 생각하며 걷다가 노인들이 장기를 두는 락희거리의 끝에 도착해 있었다.

그곳엔 코로나와 상관없는 시간이 흐르고 있었다. 거리에 조악한 테이블을 놓고 장기 두는 사람과 훈수 두는 노인들, 저렴한 국밥집에서 벌어지는 낮술 토론과 작은 싸움들, 취기에 잠든 사람과 그 사람을 닮은 검은 비둘기까지, 이 거리에서 보이는 모든 모습은 남은 시간을 애써 흘려보내고 있는 노년의 모습이었다.

경성 악기
경성악기

전부터 이곳을 지날 때 느꼈던 무거움은 늙어가는 것에 대한 막연한 두려움이었나 보다. 아무도 나를 궁금해하지 않고, 그래서 새로울 것 없는 하루를 그저 몸이 기억하는 습관대로 살아내는, 그런 일상이란 얼마나 두려운 것인가?
나는 작가로서 무거운 이야기를 하다가도 결국엔 희망적인 메시지로 매듭지어야 할 것 같은 의무감이 있다.
하지만 이번 락희거리 이야기에선 부끄럽게도 그걸 포기해야겠다. 나 역시 늙은 후의 시간을 알지 못하고 막연하게 두렵다. 젊음의 가치는 태양 같고 일상은 젊음을 소진하며 진행된다. 평생을 들여 쌓아 올린 어떤 가치가 젊음만큼 빛날 수 있겠는가? 그렇기에 어차피 삶은 망해가는 방향으로 흐른다.
누구에게나 가을은 오고 늙은 일상을 맞이해야 한다.
나는 락희거리에서 생각한 것들을 더 정리하고 어떤 거라도 준비해야겠다. 나이 들어가는 것엔 큰노력이 필요하다.

ki
서울인력
763-5300
무지개
인력
913-1919
2164-4476

DIVINER

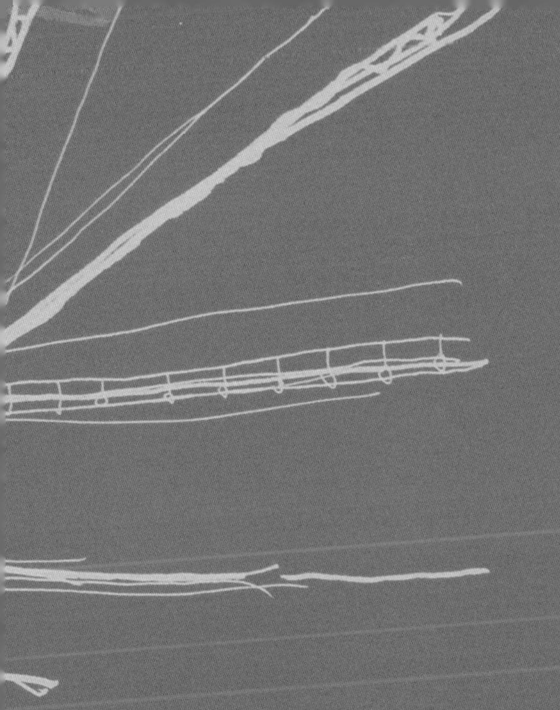

열 번째 골목

피맛길

열차와 참새

"어이! 여기야! 전 작가!"

교보문고 출입구 근처에서 서성거리던 상대방이 한 손을 들고 아는 척을 하자 전 작가는 뿔테 안경을 끌어 올리며 고개를 숙였다.

"잘 지내셨어요. 선배님."

"그럼, 어떻게 취재는 잘 되고 있어?"

선배 작가의 물음에 전 작가는 얼굴을 찡그렸다.

"말도 마십쇼. 어찌나 뻥을 치는지 모르겠어요. 큰아들은 삼성전자 다니고 둘째 아들은 현대 자동차 다닌다면서 왜 무료 급식을 먹으러 다니는지 원."

전 작가가 혀를 차자 선배 작가가 호탕하게 웃었다.

"다 자존심이지. 우리는 나이 먹으면 안 그럴 거 같아?"

"그래도요."

"소설에 쓸 소재는 찾았고?"

"종삼에서 일했던 것 같더라고요. 다음에 만나면 술 사주면서 좀 더 물어보게요."

"요즘 누가 종삼을 기억이나 하겠어?"

선배 작가의 말에 전 작가가 가볍게 한숨을 쉬었다.

"그런 걸 세상에 알리는 게 우리 같은 작가가 할 일이라고 하셨잖아요."

"그랬나? 아무튼 피맛골 가서 술이나 한잔하자."

"좋죠."

교보문고 입구가 있는 계단에서 내려와 좁은 도로를 지나자 한 사람이 겨우 드나들 만한 좁고 허름한 골목길이 나왔다. 바닥은 늘 축축했고 기름 냄새를 비롯해 음식을 만들 때 나는 온갖 냄새들이 소용돌이처럼 뒤엉켰지만 두 사람에게는 식욕을 돋우는 냄새였다. 앞장선 선배 작가가 물었다.

"열차로 갈까, 참새로 갈까?"

"지난번에 참새로 갔으니 이번에는 열차로 가시죠? 빈대떡에 막걸리 어떻습니까?"

"좋지!"

앞장선 선배 작가가 지나가는 사람들의 어깨를 피해 조심스럽게 걸었다. 참새구이와 정종을 파는 참새집을 지나자 열차집이 보였다. 미닫이문을 열고 들어선 선배가 매의 눈으로 안을 살피다가 반색을 했다.

"전용석이 비었군."

선배 작가가 좋아하는 자리는 벽에 낙서가 가득한 구석 자리였다.

벽에 붙은 휴지통에서 휴지를 뽑아 쓸 수 있고, 벽에 기댈 수도 있어서 등받이가 없는 의자에 오래 앉으면 느껴지는 불편함도 다소 덜했다. 선배 작가가 자리에 앉는 걸 본 전 작가가 문 바로 안쪽 사각형 번철 앞에서 요리를 하는 주인아주머니에게 주문을 했다.

"빈대떡이랑 막걸리 주세요."

"막걸리는 뭘로?"

"금정산성 막걸리요."

부산 출신인 선배 작가가 좋아하는 막걸리로 주문을 마친 전 작가가 자리에 앉았다. 빈대떡을 구울 때 쓰는 돼지비계 특유의 누린내와 탁한 기름 냄새가 풍겨왔지만 오랫동안 이곳을 드나들던 두 사람은 오히려 군침이 돌았다. 벽에 적힌 낙서를 바라보던 전 작가가 어리굴젓과 양파와 고추가 든 간장이 나오자 바로 젓가락을 들었다. 간장에 절인 양파를 입에 넣는 사이 막걸리와 양푼으로 된 잔이 테이블에 놓였다. 전 작가가 주전자를 가볍게 흔들어 선배 작가의 잔에 먼저 따랐다. 이어서 선배 작가가 주전자를 넘겨받아 따라준다. 둘은 가볍게 건배를 하고는 단숨에 비웠다.

"크!"

짧게 감탄사를 내뱉은 전 작가가 어리굴젓을 입에 넣었다. 매콤하고 알싸한 맛이 방금 들어간 막걸리의 냄새를 집어삼켰다. 전 작가가 잔을 내려놓자 선배 작가가 말했다.

"아까 보니까 청진동 재개발이 한창이던데, 여기도 곧 없어지겠지?"

아까 낮에 탑골공원에서 외팔이 노인에게 들었던 얘기가 떠오른

전 작가는 얼굴을 찡그렸다.

“그래도 수백 년 동안 있었는데 쉽게 없어지겠어요?”

“야! 돈독이 활화산처럼 솟구치는데 수백 년이 대수겠어.”

“빌딩이 올라오면 진짜 멋대가리 없어질 거 같아요.”

“대신 돈 버는 누군가가 있겠지.”

불만 섞인 선배 작가의 말에 전 작가는 저도 모르게 아까 들었던 얘기를 되뇌었다.

“힘없고 가난하면 쫓겨날 수밖에 없나 봐요.”

그 얘기를 들었는지 못 들었는지 선배는 조개탕도 같이 주문하라는 말을 남겼다.

출발
교보문고
르메이에르 종로타운
그랑서울
종각역
하 피맛골
도착
안국역
인사동 카페골목
다동무교동 음식문화의거리
무교동음식 문화의거리
을지 한빛거리
을지로입구역 (IBK기업은행)

◦ 정명섭 篇

— 응답하라 피맛골

모 케이블 방송국에서 인기리에 방송되었던 〈응답하라〉 시리즈는 그 시대를 살았던 사람에게는 추억을 선사했고, 그 시대를 살지 않은 사람에게는 과거의 생활상을 보여주었다. 〈응답하라〉 시리즈 성공에는 전제조건이 하나 있다. 그때보다 지금은 잘 살아야 한다는 것. 만약 그때처럼 못 살거나 힘들다면 굳이 그 시절을 추억할 필요가 없기 때문이다. 그건 추억이 아니라 고생이 될 것이다.

서울의 대표적인 골목길이라는 피맛골에도 그런 추억이 묻어있었다. 수백 년 전부터 이어져 온 길이라는 점과 몇십 년 전에 멈춰버린 모습은 좁디좁은 골목길을 추억의 장소로 만들기에 충분했다. 그곳에 드나드는 많은 사람이 제각각 추억을 쌓았고 그 위에 또 다른 추억이 쌓이면서 두툼한 기억의 지층이 형성되었다. 지금의 삶이 과거보다 풍요롭기에 우리는 어렵고 힘들었던 예전의 삶을 돌아볼 힘을 가질 수 있다.

우리가 허름하고 지저분한 미로 같은 골목길을 추억하는 이유도 비슷하다. 그곳에서 지낸 코흘리개 시절을 딛고 현재의 삶을 누릴 수 있기 때문이다. 그래서 점차 사라져만 가는 골목길이 안타까운 것이다.

— 아주 아주 오래된 피맛길

피맛골의 역사는 깊다. 어떤 사람들은 고려 왕조가 무너지고 조선이 세워지면서 바로 개경에서 한양으로 천도한 줄 알지만 그것은 역사책이나 영화 특유의 삭제 신공 때문에 그런 것이고 한양으로 천도하기까지에는 우여곡절이 많았다. 사실 처음부터 한양이 도읍으로 결정된 것도 아니었다. 가장 많은 의견은 개경에 그냥 남아있는 것이었고, 그다음 도읍으로 결정된 곳이 현재 3군 사령부가 있는 계룡산 남쪽이었다. 이곳은 실제로 몇 달간 기초 공사를 하다가 중단되었다. 하륜이 반대한 것인데, 계룡산이 남쪽에 치우쳐 있고 근처에 강이 없어서 교통이 불편하다는 이유에서였다. 후삼국 시절 궁예가 철원에 도읍을 정했을 때 벌어진 문제와 정확하게 일치했기 때문에 공사를 중단해야 한다는 목소리가 높았다. 결국 몇 달 만에 계룡산 남쪽으로의 천도는 취소되었다. 현재 그곳에는 3군 사령부인 계룡대가 들어와 있어서 명당자리임을 간접적으로나마 입증하고 있다.

그 이후에도 설왕설래가 오갔다. 개경 근처의 불일사와 지금의 경기도 파주에 있는 선고개 일대, 그리고 광실원 등이 도읍지 물망에 올랐다. 하지만 대부분은 그냥 한번 언급한 정도에 불과했고 이성계가 진짜로 옮기고 싶었던 곳은 고려 때 남경이라고 불렸던 한양이었다. 실제로 고려 시대 때 천도가 몇 번 시도될 만큼 이곳은 도읍으로서의 입지가 좋았다.

사실 이성계 입장에서는 개경만 아니만 된다는 심정이었을 것이다. 조선이 고려와 단절하고 새로운 나라로 시작하려면 천도는 불가피했다. 하지만 수백 년간 개경에서 살아왔던 관료들은 자신의 기득권을 지키기 위해 어떻게든 천도를 막고자 했다. 그래서 이성계가 계룡산을 둘러보기 위해 행차하려 했을 때 도적이 나타났다는 가짜 보고를 올린 것이다. 임금에게 거짓말을 하면 어떤 처벌을 받는지 누구보다 잘 알던 관리들이 합심해서 거짓말을 한 셈인데, 이성계는 이를 알고도 적당히 넘어갈 수밖에 없었다. 그 정도로 그들의 기득권은 강고했고 반발은 거셌다.

오랜 타협과 으름장과 협박 끝에 한양으로의 천도가 결정되었다. 하지만 이번에는 궁궐을 어디에 짓느냐를 두고 편이 갈렸다. 하륜의 경우 안산 자락에 궁궐을 지을 것을 주장했다. 지금의 연세대와 신촌 일대였다. 하지만 이곳은 땅이 좁고 남쪽에 강이 있어 크게 짓기 어렵다는 이유로 반대에 부딪혔다. 대부분은 북악산 남쪽 땅을 원했다. 결국 1394년 9월 신도궁궐조성도

감(肅寧宮造成都監)이 설치되면서 본격적인 공사가 시작된다. 경복궁은 물론, 종묘와 한양 성곽과 성문들이 지어졌다. 전국 백성이 동원되어서 1년 넘게 공사가 진행되었다.

이때 함께 만들어진 것이 바로 시장 거리인 종로였다. 경복궁 앞에 관청들이 양쪽으로 자리 잡은 육조거리가 만들어졌고, 그 앞을 가로지르는 형태로 종로 거리를 만들어 양옆으로 행랑이라고 불리는 상점을 지은 것이다. 국가가 앞장서서 시장을 조성한 셈인데 상업을 극도로 싫어했던 조선의 특성을 참작하면 굉장히 특이한 일이다.

하지만 도읍으로서 제대로 기능하려면 많은 인구가 살아야만 하고 그들에게는 필요한 물품을 사고팔 시장이 필요했다. 특히 성저십리(城底十里)라고 해서 한양 성벽 10리 바깥을 도읍의 영역으로 삼아 채소 경작을 금지했기 때문에 생필품은 외부에서 가져와야만 했다. 따라서 종로는 한양 유일의 공식적인 시장이 되었고, 사람들이 구름처럼 몰려들어 '운종가'라는 별명으로 불렸다. 그리고 피맛길의 탄생으로 이어진다. 그것은 운종가가 시장 거리이면서 경복궁으로 향하는 주요 도로였기 때문이다. 궁궐에는 고위 관리들이 드나들었는데 이들은 품계에 따라 가마나 말을 타고 행차를 했다. 사극에서 자주 나오는 장면인 "쉬이! 물렀거라. 대감마님 행차시다."라고 소리치면 길을 가던 사람들이 길옆으로 물러나 고개를 조아리는 모습도 이때부터 생겼다. 이걸 벽제(辟除)한다고 하는데 만약 길 옆으로 비켜서지 않고 앞에서 얼쩡거리면 처벌을 받았다. 일단 근처 주택에 구금한 후 나중에 조사해서 벌을 주는 방식으로 1980년대 통금을 위반한 사람들을 파출소에 구금해둔 것과 비슷하다.

— 골과 길

필요는 발명의 어머니라는 말이 있다. 바빠 죽겠는데 관리들이 행차할 때마다 고개를 조아려야 하는 일을 피하고자 사람들은 종로 큰길 옆에 가옥 한 채를 두고 일종의 뒷길을 만들었다. 바로 '피맛길'이다. 이 길에서는 아무리 높은 고관대작이 다녀도 걸음을 멈추거나 고개를 조아려 시간을 낭비할 필요가 없었다. 좁고 구불구불한 골목길의 장점 중 하나인 셈이다.

그렇게 해서 탄생한 피맛골은 대략 육조거리에 접해있는 지금의 광화문 교보빌딩부터 동쪽으로 쭉 이어져 단성사를 지나 종묘 부근까지 이어졌다.

그런데 우리가 생각하는 피맛길과 실제 피맛길의 탄생에는 약간의 차이가 있다. 실록과 예전 기록을 살펴보면 사실 관리가 행차할 때 멈춰서야 하는 건 백성뿐만 아니라 하급 관리도 포함되어있다. 문제는 하급 관리들이 멈춰서는 바람에 일이 늦어지기라도 하면 임금이나 높은 사람들이 불편해진다는 점이었다. 그래서 그들에게는 상급 관리들의 행차를 만나도 멈추지 않도록 종로 옆의 작은 길을 이용하라는 지시가 내려졌다. 일종의 특권인 셈인데 이를 백성들이 따라 하면서 피맛길이 모두의 골목길이 되었다는 것이다.

여기서 한 가지 의문이 생긴다. 피맛골을 설명하면서 피맛길이라는 용어가 함께 사용되는 것이다. '골'과 '길' 한 글자 차이일 뿐이라 대부분은 혼용하거나 자신이 선호하는 용어를 사용한다. 하지만 둘은 약간의 차이가 있다. 피맛길은 사람들이 다니던 길 자체를 의미하고, 피맛골은 피맛길을 둘러싼 공간을 의미한다. '길'과 '공간'이 주는 의미가 다르다는 점을 고려하면 작지만 큰 차이라고 할 수 있다. 이곳은 길이기도 하지만 공간이기도 하므로 넓은 의미로 설명할 때는 피맛골이라 해야 한다.

시장은 사람들의 왕래가 잦은 곳에 생겨난다. 하급 관리들이 상급 관리들을 피해 서둘러 다니던 골목길은 곧 보부상과 장사꾼들의 지름길이 되었고, 나중에는 백성의 발걸음을 끌어당겼다. 사람들이 많이 오가게 되자 피맛길에는 그들을 상대로 하는 작은 상점들이 생기기 시작했다. 원체 좁은 길이라 큰 상점은 엄두도 못 냈고 싼값에 배를 채워주는 국밥집과 선술집, 떡집들이 들어섰다.

이런 모습은 1910년 조선이 사라지고 일본이 그 자리를 대신했을 때도 큰 변화가 없었다. 일본은 조선인들이 상권을 꽉 잡고 있는 종로 일대에는 무관심했던 터라 이곳은 오히려 공간이 더 확장되고 길어졌다. 큰길 바로 옆이라는 편리함과 골목길 특유의 아늑함, 그리고 조선 시대부터 존재했던 익숙함이 더해진 것이다. 거기다 피맛길에 자리 잡으면 다른 곳보다 싸야 한다는 암묵적인 규율이 있어 다른 곳보다 물가가 저렴했다. 일제강점기에는 파는 음식이 다양해지고 여관 같은 숙박업이 추가되었다. 시대적 상황에 좌절한 지식인들이 선술집에서 회포를 풀고, 온종일 일하고 받은 품삯으로 저녁과 술을 함께 해결하는 노동자들이 공존하는 골목길이었다. 좁은 골목 양쪽 벽은 울타리처럼 든든했을 것이고, 함께 술을 마시는 옆자리의 조선인들은 일본의 지배를 비난할 수 있는 용기를 주었을 것이다.

광복 이후에도 피맛골에는 큰 변화가 찾아오지 않았다. 낡고 허름한 골목길이 큰길 바로 옆 빌딩 그림자 아래 모습을 숨긴 채 예전처럼 주머니 가벼운 사람들을 위해 자리를 내어주었다. 참새구이와 정종을 파는 술집과 빈대떡에 막걸리를 파는 가게, 선지를 잔뜩 넣은 해장국을 파는 음식점, 바삭한 생선구이로 한 끼를 든든하게 채워주는 백반집이 지나가는 사람들의 발목을 붙잡았다.

그런 피맛골에 변화가 찾아온 것은 21세기에 접어들면서부터다. 자본이 모든 척도가 되어버린 시대에 금싸라기 땅이 되어버린 종로를 허름한 음식점들이 차지하고 있으니 그대로 둘 수 없었던 모양이다. 르메이에르종로타운을 비롯해 광화문 D타워와 타워8, 그랑서울이 차례대로 들어서면서 피맛골을 집어삼켰다. 종각역 너머에는 진즉에 종로 타워가 들어서면서 피맛길을 끊어버렸다. 국가와 권력도 어찌하지 못한 길을 자본이 없애버린 것이다. 그래서 지금 우리가 걷는 피맛길은 파편일 수밖에 없다. 자본이 망가트리고 감춰버린 골목길의 서글픈 자화상이다.

— 상 피맛길과 하 피맛길

피맛길로 가는 길은 여럿이지만 나는 주로 광화문 교보문고에서 출발한다. 계단을 내려와서 좁은 도로를 건너면 복원된 중학천 다리가 나온다. 그곳을 가볍게 건너면 예전에는 참새집이나 열차집 같은 음식점이 있던 피맛길 입구가 나온다. 지금은 모두 사라지고 광화문 D타워가 엄청난 위용을 자랑하고 있다.

광화문 D타워 모서리에는 기와지붕을 한 뜬금없는 건물이 한 채 서 있는데 가까이 가보니 바닥이 유리로 되어있다. 유리 바닥 아래로 돌무더기들이 보이는데 이곳에 있던 시전 행랑의 흔적이다. 빌딩을 올리기 위해 땅을 파자 그곳에 감춰져 있던 수백 년의 역사가 모습을 드러낸 것이다. 그렇다고 빌딩을 세우지 않을 수는 없으니 일부분을 보존하는 것으로 타협했고 그 흔적이 바로 기와지붕에 유리 바닥을 한 이 공간이다. 벽에는 이곳이 시전 행랑이 있던 곳임을 알려주는 안내판이 붙어있고, 발굴 당시의 모습이 그려진 그림도 있다. 그 옆으로는 옛 피맛

광화문 D타워 전각
빌딩을 짓기 위해 땅을 파자 수백 년 전의 유물이 나타났다.
그것을 이곳에 모아놓은 채 빌딩은 그대로 세워졌다.

길이 있던 자리를 통로로 만들어놓았다. '소호'라는 이름이 붙어있는 이 통로에는 테이크아웃을 주로 하는 작은 규모의 매장이 자리를 잡고 있다. 예전 피맛길처럼 주머니가 가볍거나 시간이 없는 사람들을 노린 것이다. 골목길은 사라졌지만 그 기억이 그대로 남아 있다는 사실이 신기하기도 하고 무섭기도 했다. 피맛골을 없앤 건 자본이었다. 하지만 사라진 피맛골의 기억을 되살린 것 역시 자본이다. 역설적으로 골목을 죽이고 살리는 것을

소호거리
옛 피맛길처럼 가볍게 먹을 수 있는
음식점들이 늘어서 있다.

청진공원
빌딩들이 세워지고 남은 자투리 공간은
아주 작은 공원이 되었다.

시간의 주춧돌
건물을 지탱해주는 역할을 한다.
정자, 누마루, 누각 등을 만들 때 사용했다.

자본이 좌지우지한 셈이다.

회백색 벽돌로 천정을 높이 만들고 중간중간 지붕에 채광창까지 만들어 좁은 통로라는 느낌을 최대한 없앴지만, 나는 아직도 플라스틱 파이프가 보이고 이끼 낀 보도블록이 깔린 그 시절의 피맛길을 잊지 못한다.

소호거리를 나와서 직진하는 대신 왼쪽으로 발길을 돌렸다. 빌딩을 세우면서 남은 자투리에 조성한 청진공원을 보기 위해서다. 사실 공원 자체는 크지 않고 볼 만한 것도 별로 없다. 야트막한 담장에 둘러싸인 작은 공원과 한옥으로 지어진 종로 홍보관이 전부다. 하지만 강철과 유리로 된 빌딩들 사이에 있는 이 공원이 너무나 소중해 보였다. 마치 산소호흡기 같은 존재랄까. 이곳 정원의 장독대 사이에는 작은 묘목이 자라는 중인데, 2019년 의열단 창립 100주년을 맞이해 단재 신채호 선생이 심은 모과나무의 묘목을 기증받은 것이다. 이 묘목이 자라 한 그루의 모과나무가 되면 종로는 또 어떤 모습이 되어있을지 궁금하다.

그 뒤로 피맛길이라는 간판을 단 몇 개의 음식점을 지나면 장초석 복원지인 시간의 주춧돌들과 만나게 된다. 장초석은 기둥처럼 높게 솟아서 건물을 지탱해주는 역할을 했다. 주로 정자나 누마루, 누각 같은 곳을 만들 때 사용되는데 시전 행랑을 발굴하면서 나온 것들을 모아놓은 것이다.

청진공원과 시간의 주춧돌을 보고 난 다음, 왔던 길을 돌아서 광화문 D타워의 소호거리가 끝나는 지점과 맞닿아 있는 르메이에르종로타운의 피맛골로 접어들었다. 소호거리가 그냥 통로를 뚫은 느낌을 준다면, 르메이에르종로타운의 피맛골은 입구에 홍살문을 세워놓고 그 옆에 피맛길의 유래에 관한 안내판을 설치해두어 조금 더 친절함을 보인다. 사실 이 거리의 빌딩 중 가장 먼저 들어섰기 때문에 그만큼 오래되고 친숙하다는 점도 소호거리에서 느껴지던 거리감을 어느 정도 덜어주는 듯하다. 피맛골 안쪽에는 부동산을 비롯해 테이크아웃 커피 전문점, 각종 음식점들이 있는데 역시 소호거리보다는 좀 더 옛날 피맛길에 가깝다. 게다가 소호거리는 채광창으로 만들어놓은 일부를 제외하고는 정말 건물 사이에 뚫어놓은 통로인 반면, 르메이에르종로타운의 피맛골은 건물과 건물 사이를 오가는 통로 몇 군데를 제외하고는 모두 뚫어놔서 좀 더 편안하게 거닐 수 있다. 바로 맞닿아 있는 타워8 역시 같은 방식으로 천정을 개방시켜서 그나마 숨통이 트인다.

피맛골이 끝나는 지점에 다다르면 다소 엉성하게 복원된 우물을 볼 수 있다. 많은 사람이 오가는 공간이었으므로 당연히 우물이 필요했을 것이다. 특히 화재가 빈번하게 발생했던 조선 초기에는 불을 끄기 위해서라도 우물이 있어야만 했다. 우물 옆으로 그랑서울의 청진상점가가 보인다. 이곳은 소호거리와 피맛골의 장점을 잘 활용했다는 느낌이 든다. 옛날 벽돌을 사용해서 오래된 느낌을 주고 천정을 높게 해서 좁고 답답한 느낌을 어느 정도 지워버렸다. 위쪽을 가로지르는 통로 역시 오래

르메이에르종로타운의 피맛골

입구에 홍살문을 세우고 피맛골의 유래를 담은 안내판이 설치되어있다.

청진 상점가

옛 벽돌로 꾸며 분위기를 더하고 천장을 높게 해 답답하지 않다.

된 벽돌을 사용해 전체적인 분위기를 맞췄고, 지붕을 일부 덮은 부분을 제외하고는 모두 개방해서 햇살을 만끽하게 만들었다. 사람들이 골목길에 대해 오해하고 있는 것 중 하나가 햇빛이 들지 않고 음침하다는 것이다. 하지만 골목길을 제대로 걸어본 사람이라면 좁은 담벼락과 지붕을 뚫고 내려온 햇살의 따뜻함을 알 것이다. 골목길 안에서는 평범한 것도 소중해지고 흔한 것도 고마워진다.

청진상점가를 빠져나오면 아까 광화문 D타워 모서리에서 봤던 유리바닥을 볼 수 있다. 이곳 역시 건축 과정에서 시전 행랑이 발굴되어서 일부분을 보존한 것이다.

시전 상인들은 물건은 안에 들여놓고 작은 방에 앉아 손님을 기다렸다. 그곳에서 손님과 얘기를 나누고 흥정이 될 것 같으면 물건을 가지고 나오든지 아니면 함께 안으로 들어갔다. 간판이나 쇼윈도 같은 게 없었기 때문에 처음 온 사람들은 물건을 구경하기가 쉽지 않았다. 그래서 그런 사람들을 상점으로 데려가서 거래를 성사시켜주고 대가를 받는 여리꾼들이 거리를 오갔다.

청진상점가를 나오면 바로 종로 사거리다. 길 건너편에는 한때 국세청이 있어서 국세청 빌딩이라고 불렸던 종로타워가 버티고 있고, 그 뒤로는 공평도시유적전시관이 있는 센트로폴리스 빌딩이 있다. 피맛길은 예전에도 여기서 한번 끊겼다. 지금은 승용차와 버스들이 정신없이 오가는 길이 조선 시대에는 사람과 가마, 말들이 쉴 새 없이 지나갔던 곳이다.

대각선으로는 제야의 종을 치는 보신각이 보인다. 시전 행랑에 대한 안내판이 지하철 엘리베이터 옆에 서 있고 이순신 장군의 백의종군로 출발지라는 안내판도 보인다. 그 이유는 이곳에 의금부가 있었기 때문이다. 왕명을 어겼다는 이유로 압송된 이순신 장군은 이곳에서 혹독한 고문을 받다가 하마터면 숨을 거둘 뻔했다. 다행히 백의종군하라는 명령을 받고 이곳에서 떠나 남쪽으로 향한다. 목숨을 걸고 싸웠던 영웅이 죄인이 되어 모든 것을 박탈당하고 쓸쓸하게 떠나야만 했던 출발지다. 종각역 6번 출구에는 녹두장군 전봉준의 동상이 세워져 있다.

우뚝 서 있는 다른 동상들과는 달리 양반다리를 하고 앉아있는 모습이 꼿꼿해 보인다. 동학혁명이 실패로 돌아가고 부하의 배신으로 체포된 그는 한양으로 압송당해 이곳에 갇혔다. 근처 화단에는 이곳이 조선 시대 감옥이자 구한말에 의병들이 옥고를 치른 전옥서가 있었음을 알리는 안내판이 있다. 지금도 그렇지만 예전에도 번화가였고 중심가이다 보니 온갖 역사가 교차한다는 생각이 들었다. 이곳에서 방향을 틀어 기존의 피맛길에 비해 잘 알려지지 않은 아래 피맛길, 그러니까 하 피맛길을 가보기로 했다.

안내판에도 언급되어있지만 원래 피맛길은 운종가를 가운데 두고 양쪽으로 이어져 있었다. 당연한 얘기지만 한쪽에만 있을 이유가 없었기 때문이다. 조선 시대 수선전도를 비롯한 일제강

전봉준 동상

동학혁명이 실패로 돌아가고 부하의 배신으로 전봉준은 이곳 전옥서에 갇혔다.

점기에 만들어진 지도를 보면 지금 우리가 알고 있는 피맛길 남쪽에 수평선처럼 이어진 또 다른 피맛길을 볼 수 있다. 또 다른 피맛길이 사라진 것은 1974년 지하철 1호선 공사로 인해 종로의 도로가 남쪽으로 넓어지면서 편입되었기 때문이다. 낙지를 주로 팔아서 낙지골목이라고도 불렸던 남쪽 피맛길은 앞을 가로막고 있던 건물이 사라지고 도로와 맞닿으면서 더는 피맛길이 아니게 되었다.

최근 종로구청에서 만든 피맛길 안내도에는 보신각 뒤편의 좁은 골목길을 남쪽 피맛길로 표시하고 있다. 하지만 이곳은 아무리 걷고 지켜봐도 피맛길 특유의 정겨움이 보이지 않는다.

수백 년간 사람들의 발길이 끊이지 않았던 두 갈래의 피맛길이 개발과 도로 확장으로 사라졌다. 삶의 터전과 추억의 장소가 경제적 이익으로 환산되는 순간, 그곳은 높은 빌딩을 세워야 하는 장소가 되어버린 것이다. 그러고는 이제야 사라지고 비틀리고 부서지고 파편이 되어버린 피맛길을 골목길 탐방이라는 이름으로 다니고 있으니 씁쓸하기만 하다. 자그마한 옛 흔적에 열을 올리면서 말이다. 유독 힘들고 고통스러웠던 답사를 끝내고 저녁을 먹기 위해 종묘 쪽을 걷다가 길 건너편에서 반가운 흔적을 발견하고는 횡단보도를 건넜다. 좁은 골목길 위쪽에 피맛골 주점촌이라는 표지판이 서 있었다. 하지만 한쪽은 재개발을 위해 허물어져 있다. 그나마 완전히 사라지기 전에 돌아봤다는 안도감과 이제는 기억 속으로만 남게 될 거라는 씁쓸함이 머리를 스쳐지나간다.

피맛골 주점촌

한때 시끌벅적했을 이곳은 재개발이 진행 중인 곳이라 사람의 흔적이 드물다.

4,700
ESSE
LOTTE

° 김효찬 篇

계절이 바뀌어서 꽃 같은 시간이 떨어지듯 흐른다고 해도, 나는 철없이 스쳐 보낼 뿐이었다. 봄에 꼬마들은 어디서든 뛰어다니고 가을에 어른들은 어디론가 바삐 걸어가서, 나도 아무런 부끄러움 없이 어제와 같은 일상을 보냈나 보다.
나는 그저 몇 해를 살았을 뿐인데 벌써 마흔이 훌쩍 넘어 있었고, 거리에 아이들은 그대로인데 나만 그렇게 어른이 되어버렸다.

종로 빌딩 숲 어느 골목에 자리한 낡고 작은 슈퍼는 주인도 없이 열려있었다. 나는 시간이 멈춘 듯한 이 공간의 주인이 궁금해졌다. 혹시 마법사가 주인이 아닐까 하는 엉뚱한 기대로 굳이 기다리는데 그새 손님 한 명이 가게를 찾았다.
늙은 손님은 강장제 한 병을 마시곤 이내 사라졌다.
계산은 어떻게 하는 거지? 이상한 거래가 이루어지는 신비로운 가게, 나는 그 허술하고도 한적한 풍경에 마음이 편해졌다.

"괜찮아, 시간은 원래 새하얗게 흩어지는 거야."

어디선가 읽었던 글귀가 맥락도 없이 떠올랐다. 요란스럽게 전화가 울렸다. 정명섭 작가는 또다시 사라진 나를 찾았고, 결국 나는 슈퍼 주인을 만나지 못한 채 이동하고 말았다.

나는 조용하고 싱거운 가게의 느낌이 좋아서 가게를 꼭 닮은 주인을 하얗게 그려 넣기로 했다.

나는 답사 중에 뭔가를 관찰하고 생각하느라 자주 사라지곤 한다. 이런 내가 익숙한 윤 대표와 정명섭 작가는 매번 대수롭지 않게 기다려주어 일정엔 큰 탈이 없다.

이토록 상냥한 일행과 다시 합류한 나는 소싯적 자주 다녔던 피맛골 골목으로 들어갔다.

고관대작들의 말을 피해 다녔다는 피맛골, 특이한 이름의 기원처럼 나의 피맛골도 직장 상사를 피해 맘 편히 한잔할 수 있었던 골목이었다. 헛일 삼아 들러도 약속처럼 두셋은 모여

피맛골(避馬골)

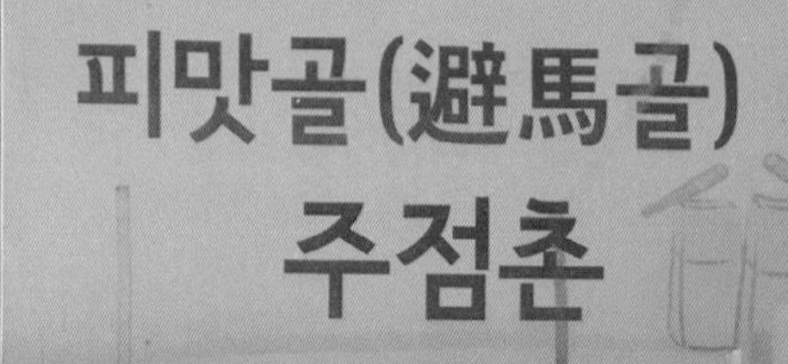
피맛골(避馬골)
주점촌

있던 단골집은 변변한 간판도 없었다.
어둑한 실내는 소음으로 가득하고, 우리는 회사의 작은 정치와 어떤 상사의 뒷담화로 밤새 같은 편이 되었다.
그때 우리에겐 어떤 큰일이 있어 구토하도록 밤을 새웠을까?
이제 어울리던 동료들은 하나도 없고 나누던 이야기도 기억에 없다. 그때의 진지하던 대화들은 새털만큼 가벼운 것들뿐이겠지만, 굳이 의미를 두자면 그건 서로를 보듬는 위로였나 보다.
나는 지금 중요하다고 생각하는 것들에 대해서도 생각해봤다.
영민하지 못한 나는 알 수가 없고 다시 십여 년이 지나서야 그것의 가벼움을 알 수 있을 것 같았다.

2020년에 피맛골은 안타깝게도 '피맛골'이라는 단어와 어울리지 않는 모양을 하고 있었다.
골목은 마치 성공한 옛 친구의 생경한 수트처럼 차갑고 빳빳한 건물들로 가득했다. 나의 단골집은 어디쯤일까?

원래도 변변한 간판조차 없었지만 이제는 가던 길마저 지워져 남은 기억조차 흐리다. 나는 피맛골 긴 골목을 걷는 내내 사라진 길을 찾으려 했지만, 신작로 끝에 이를 때까지 초행길을 걸을 뿐이었다.

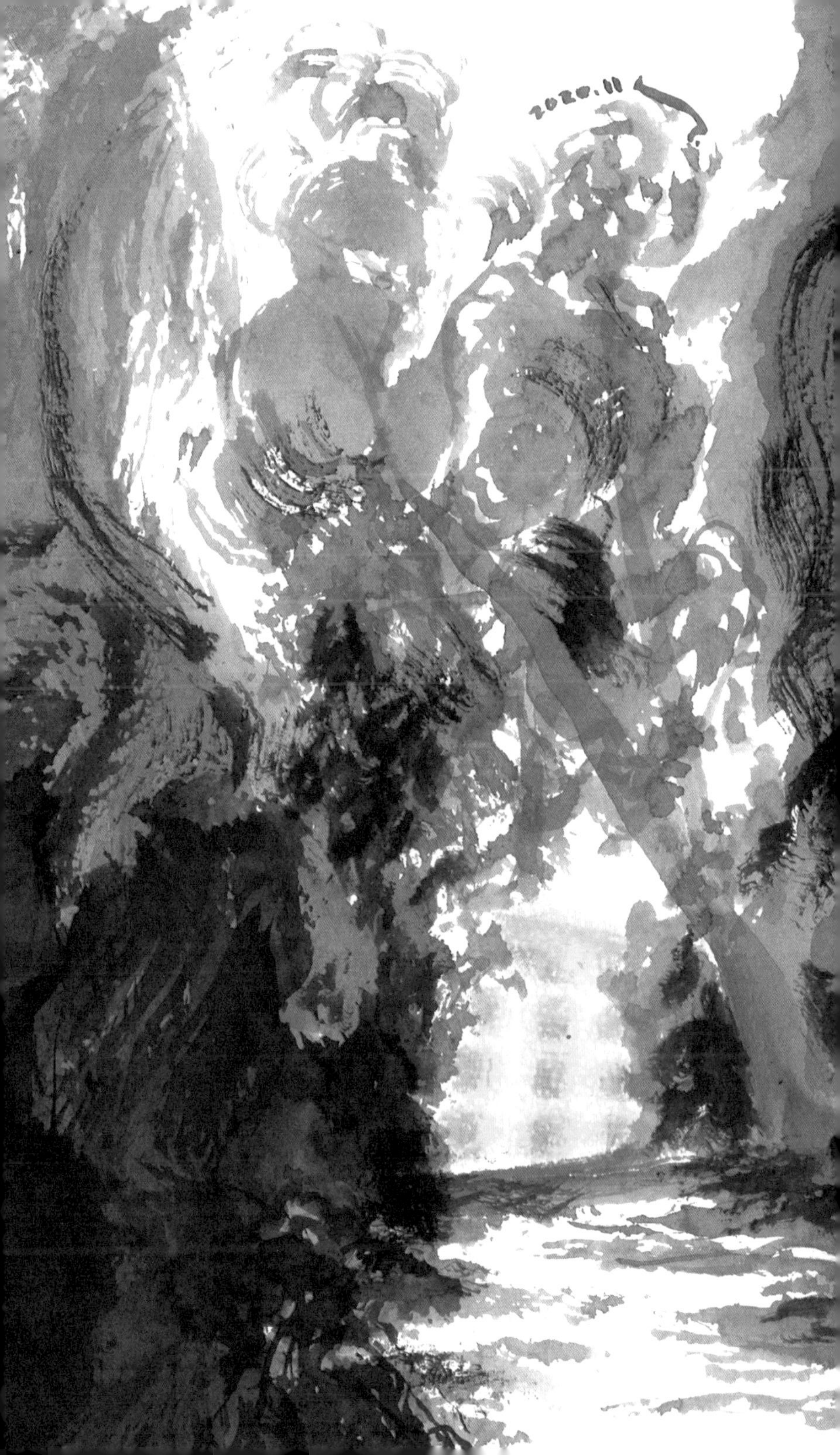
2020.11

에필로그

누구나 마음 한편에 그리운 영상 몇 개쯤은 품고 살 것이다. 어떤 이는 선생님 몰래 다니던 당구장을 떠올릴 테고, 또 어떤 이는 태어나 처음 입을 맞추던 텅 빈 놀이터를 떠올릴지도 모를 일이다. 당신의 좋은 기억은 몇 년 전 어디에 머물러 있는가?

나의 가장 달콤한 기억은 일곱 살 어느 봄날에 있다. 볕이 노란 아스팔트는 5층짜리 잠실 시영아파트 골목, 낮 두 시 거리에는 행복한 사람들로 가득하다. 노점에서 튀기는 핫도그 냄새는 봄의 거리에 가득해서 나는 아직도 그 고소함이 봄의 냄새가 아니었을까 진지하게 생각해보곤 한다.

골목은 어느 동네를 가든 그 모양과 빛과 냄새와 소리가 비슷해서 굳이 눈을 감지 않아도 그리운 기억에 깊이 빠져들 수 있다. 그건 마치 타임머신을 탄 것 같아서 마주하는 골목마다 각기 다른 과거의 시간으로 아무렇게나 내려놓고는 떠나버린다. 세운상가는 1988년과 1999년으로, 명동은 2010년으로, 그리고 광장시장은 2019년으로…. 서울의 골목들을 걷고 또 돌아 나오며 그리운 사람들과 잊었던 기억을 떠올릴 수 있어 행복한 시간이었다.

그러나 골목을 걷는 동안 좋은 기억만 있었던 건 아니다. 몇몇 골목은 재개발로 모든 게 흔적조차 사라져 아쉬운 마음이 컸다. 건물의 노후화나 교통량의 변화 같은 여러 합당한 이유로 재개발이 불가피한 것이라면, 골목의 흔적과 이야기 몇 줄 정도 남겨질 수 있는 여유로운 개발이 이루어지길 바랐다.

연로하신 아버지는 시골 마을 중앙에 있는 큰 나무를 그리워하신다. 나무를 떠올리심은 나무 아래에서 놀던 친구들과 여러 가지 좋았던 기억을 떠올리시는 것일 거다. 도시에서 나고 자란 우리 세대에게 골목은 아버지의 큰 나무와 같다. 어떤 전설을 품은 나무처럼 많은 이의 서사를 품은 골목과 수많은 이야기가 전설처럼 이어지기를 바란다. 어느 시골 동네에 신성한 큰 나무처럼 도시의 동네마다 신성하고 깊은 골목이 살아 숨 쉬길 바란다.

김효찬

508

골목의 시간을 그리다

초판 1쇄 발행 2021년 2월 20일

지은이 정명섭, 김효찬

기획 · 편집 도은주
미디어 마케팅 류정화

펴낸이 윤주용
펴낸곳 초록비책공방

출판등록 2013년 4월 25일 제2013-000130
주소 서울시 마포구 월드컵북로 402 KGIT 센터 925C호
전화 0505-566-5522 팩스 02-6008-1777

메일 jooyongy@daum.net
인스타 @greenrainbooks
포스트 http://post.naver.com/jooyongy
페이스북 http://www.facebook.com/greenrainbook

ISBN 979-11-91266-05-4 (03810)

* 정가는 책 뒤표지에 있습니다.
* 파손된 책은 구입처에서 교환하실 수 있습니다.

이 도서는 서울연구원 · 서울특별시 평생교육진흥원에서 수행한 2020년 「서울 도시인문학」 사업의 지원을 받아 수행하였음